성공한 여성의 시간관리법

Woman time

성공한 여성의 시간관리법
Woman time

발 행 2015년 11월 30일 개정판 발행

지은이 다이애나 실콕스
옮긴이 홍 석 연
발행처 문 지 사
발행인 홍 철 부

등록일자 1978년 8월 11일
출판등록 제3-50호

주소 서울특별시 은평구 갈현로 312
전화 ㅣ 영업부 02)386-8451(代)
편집부 02)386-8452
팩 스 02)386-8453

정가 **14,000**원

시간을 낭비하는 것은
자기 자신의 인생을 낭비하는 것과 같다.
그러므로 시간을 마스터하는 것은 인생을 마스터하는 것이며
그것을 최대한 활용하는 것이 성공의 지름길이다.

 **옮긴이의 말**

당신은 하루 24시간을 어떻게 활용하고 있습니까.

최근 직장이나 자유업에 종사하고 있는 여성은 물론 가정의 주부까지도 입을 열면 한결같이 "너무 바빠서 하고 싶은 일을 제대로 할 수 없을 지경이야!" 하고 말합니다.

그러나 시간을 생산적으로 활용하고 있다는 확신을 가지고 있는 여성이 의외로 적음에 놀라지 않을 수 없었습니다. 어느 정도 여유로움 속에서 맡은 일을 확실하게 처리한다고 하는 단순한 업무─그렇지만 정신적인 여유를 가지고 건전한 심신 상태에서 일상적인 업무를 수행해 간다는 것은 현재의 여건으로는 매우 어렵다는 것이 일반적인 견해인 것 같습니다.

그래서 요즘 '시간관리'라는 새로운 용어가 널리 따라 다니고 있는 듯합니다. 하지만 내 자신이 아무리 합리적인 능력을 갖고 있다고 할지라도 인간이 짜 만든 시간표에 스스로 속박당하는 것은 바람직하지 않은 삶이라고 생각되어집니다.

우연히 이 책 [원제 : Woman time]을 입수했을 때 '유효한 시간 활용'을 내용으로 하여 여성인 저자가 자신의 경험을 살려 쓴 여성을 위한 책이라는 점에 이끌려 펼쳐 보았습니다.

장을 넘겨 갈수록 직업 여성다운 합리적이면서 구체적인 제안, 유니크한 발상전환법에 매료되어 그 자리에서 완전히 몰두해 버리고 말았습니다. 정말 대단히 매력적이고 공감을 주는 내용이었습니다.

마침내 국내 독자들에게도 필요한 좋은 책을 알릴까 하는 책임감과 함께 번역을 결심하고 우선 내가 출강하고 있는 교양강좌 시간에 필요한 내용을 골라 강의로 활용하여 반응을 살펴보기로 했습니다. 결과는 만족스러웠습니다.

무엇보다도 이 책의 저자는 자신의 경험과 많은 자료 중에서도 생생한 사례를 풍부히 열거하여 독자들에게 어떻게 하면 자기 자신이 하고 싶은 일을 성공적으로 연출해 낼 수 있는가를 주도면밀하게 보여주고 있지만, 무엇보다도 저자 다이애나 실콕스 스스로의 체험에 의한 아이디어는 신선하고 실질적인 것이었다고 찬사를 보내지 않을 수 없습니다.

또한 저자는 솔직하게 자기 반성을 고백하고 있습니다.

"토요일에도 자료를 수집하느라고 늦게까지 전화로 취재를 하면서, 한편으로는 가족들의 빨래감을 세탁해야 하는, 업무와 가사를 동시에 해치우는 내 자신의 용기와 능력에 만족하는 수퍼우먼이죠. 세탁기에 세탁물을 넣고 그 사이에 한 사람을 취재하고 건조기에 세탁물을 말리면서 또 다른 사람을 취재하는 식으로……"

이러한 자부심을 갖는 그녀였지만, 남자 친구들로부터는 맹렬한 공격을 당하기도 합니다.

"다이애나, 우리는 불행하게도 당신을 이해할 수 없습니다. 다른 사람들에게는 토요일만큼은 여유를 갖기 위해 시간관리를 어드바이스해 주면서 본인 스스로는 벅찬 업무와 가사노동에 눈코 뜰 사이없이 시간을 빼앗기고 있지 않습니까?"

사실은 나 자신도 삶의 곡예사와 같이 시간의 그물에 얽매인 체 두 가지

세 가지 일을 해 내려는 자신감에 도취되어 자만하고 있었습니다―그러나 그 후유증으로 감당할 수 없는 피로감 때문에 얼마동안은 병원치료를 받아야 했고 많은 시간을 건강회복에 노력해야 하는 아픔을 경험하기도 했습니다. 결국은 계획없이 시간을 무모하게 쓰고 있다는 데 문제가 있었던 것입니다.

저자는 아주 작은 한 가지 예로 매일 아침 몸치장에 관한 어드바이스도 여성다운 섬세한 지적이었습니다.

저자의 실패―예컨대 전날밤에 다음날 아침 출근 준비를 빈틈없이 정리해 놓았다고 믿고 있었는데 뜻밖에 늦잠을 잔 실수로 서둘러 옷을 입고 보니 블라우스 단추가 두 개씩이나 떨어져 있었다 ―는 이야기는 한 예이지만, 직장 여성들을 위해 시사하는 바가 많았습니다.

그와 같은 사소한 일까지도 고백하면서 적어도 직장 여성이라면 핸드백만이라도 다소 무리를 해서 어느 복장에도 어울리는 고급으로 준비한 다음, 한 주일 동안만이라도 내용물을 바꾸지 않도록 시간절약 방법까지 소개하고 있습니다.

나 역시도 이 책을 읽기 시작하고 나서부터 그 무렵 고민하고 있던 업무로부터 과감히 해방될 수 있었습니다.

사실은 한 권의 책을 쓰기 위해서 자료를 모으거나 그 방면에 전문가인 친구의 자문을 받아 하나하나 메모해 두는 일을 경험해 보신 분이라면 결코 쉬운 일이 아니라는 것을 느끼셨을 것입니다.

하지만, 이와 같은 잡다한 정리를 끝내 놓고도 좀처럼 원고용지와 마주할 엄두를 낼 수 없었습니다.

그때 이 책의 내용 중에서 '기한을 정해 놓고 일을 해도 효과를 얻을 수 없는 경우'라면 '작은 한 걸음'부터라는 수순을 밟아 일의 양을 잘게 나누어서 착수하기 쉬운 항목을 찾아내는 방법을 쓰도록 한다라고 하는 어드바이스에 주목하게 되었습니다.

이에 용기를 얻은 나는 원고를 쓰다가 더 이상 계속할 수 없는 항목은 그대로 남겨두고 다른 손쉬운 것부터 내용을 정리해 보았습니다. 그러자 원고 집필의 속도도 빨라지고 새로운 의욕이 생겨났습니다.

한편, 이 책을 읽은 어느 잡지사의 편집자도 나와 똑같은 소감을 피력하였습니다.

"나 역시 잡지 편집관계로 많은 책을 읽지 않으면 안 되는 입장이지만, 이 책을 읽는 도중에 하나의 해결 방법을 찾아낼 수 있었습니다. 나는 신입사원에게 편집일을 가르치면서 잡무를 그에게 맡겼으나 쉽게 터득하지 못하는 것 같았습니다. 제한된 시간 안에서 해 내지 않으면 안 되는 특수한 편집일이므로 결국은, '그만둬요. 내가 할테니까.'하고 그의 일까지도 맡아 하지 않으면 안 되었습니다. 이러한 사정 때문에 신입사원 역시 일을 제대로 배울 기회를 잃게 되고, 나 자신도 다음호 준비를 해야 하는 시간적 여유마저 상실하게 되었습니다. 바로 이즈음에 이 책을 우연히 읽게 되어 저자가 제시하고 있는 방법을 실제로 실행에 옮겨 보니까 나 자신의 사고 방식과 태도에 큰 변화를 가져오게 되고 신입사원도 적극적으로 일을 해 나갈 수 있게 되었습니다."

오늘날 많은 여성들이 사회 각 분야로 진출해 눈부시게 활동하고 있는데도 불구하고, 이제까지 출간된 비즈니스에 관한 책은 거의가 남성 위주로 되어 있기 때문에 여성을 위한 가정에서의 주부의 역할, 사회적인 위치와 기능, 몸가짐에 대한 매너에 이르기까지 실제로 일하는 여성 편에 서서

펴낸 책은 거의 없었다고 해도 무리는 아닐 것입니다.

이 책의 저자는 독신녀, 기혼자, 근로여성, 시간 부족으로 고민하고 있는 여성들에게 인정미 넘치는 총명한 해결방법을 명확히 제공해 주고 있습니다.

아무쪼록 즐겁게 읽어본 다음 생활의 실용서로서 자기의 성공을 연출해 내는 훌륭한 지침서가 될 것입니다.

예외없이 남성들에게도 절대적으로 올바른 시간관리를 함으로써 성공에 이르는 길잡이의 책으로 꼭 권하는 바입니다.

한 직장에서 동료, 가정에서의 기능자인 주부의 마음가짐을 이해할 수 있을 뿐만 아니라, 이 책을 통해서 일과 일상생활에 도움이 되는 부분을 새롭게 발견할 수 있을 것입니다.

이 책을 통해 성공을 위한 자기 연출에 충실하시기 바랍니다.

옮긴이 씀

성공한 여성의 시간관리법
Woman time

자기 시간을 능률적으로 사용하고 있는가

행복이란 몇 방울 자기 자신에게 뿌리지 않고서는
남에게 줄 수 없는 향수와 같은 것이다.
_에머슨

하루는 24시간 밖에 안 된다. 어느 누구도 이를 변경시킬 수 없다. 또한 아무리 안타깝고 한스러워도 시간을 늘리거나 연장할 수도 없다.

그러나 '시간관리'를 잘 하면, 새로운 시간을 생산할 수 있다.

'Time is life. -시간은 인생이다.'

이렇게 말한 사람은 시간관리론의 어머니라고 일컫는 알랜 라킨 여사이지만, 이 말은 적절한 의미를 시사해주고 있다.

나 자신의 가치가 무너질 때

- 나 자신을 가장 소중하게 생각한다.
- 나 자신의 시간을 즐긴다.
- 나 자신을 다른 사람과 비교하지 않는다.
- 나 자신의 일에 책임을 진다.
- 나 자신의 실수를 용서한다.
- 나 자신을 위한 반성의 시간을 갖는다.
- 나 자신을 칭찬하고 좋은 점만을 의식한다.
- 나 자신의 시간을 스스로 돌본다.
- 나 자신은 반드시 행복해진다고 믿는다.
- 나 자신이 뜻하는 인생을 힘차게 걸어간다.

시간을 마스터하는 것은 인생을 마스터하는 것과 같다

내일을 위한 최선의 준비는
오늘의 일을 가장 훌륭하게 하는 것이다.
_윌리암 오슬러

시간은 자기만의 재량으로 사용할 수 있는 최고의 재산이다. 그러므로 하루하루를 무의미하게 보내게 되면 곧 인생을 낭비하는 결과를 가져온다.

'시간은 귀중한 보물이다.'

시간을 바람과 같이 무의미하게 소비해 버린다든지, 여성의 시간이 한 남성을 위한 희생물로 낭비되는 것은 너무나 안타깝고 삭막한 현실이라고 말할 수밖에 없다. 그러나 적극적인 시간관리를 함으로써 자기만의 충실한 인생을 보낼 수 있는데도, 어째서 많은 사람들은 실행에 옮기려 하지 않는 것일까.

여류작가 미크는 이렇게 말하고 있다.

"친구들이 시간관리에 대해 이야기하고 있는 내용을 듣고 있으면, 우리 인간은 시간에 속박당한 나머지 꼼짝 못하고 있다는 기분이 들어서 소름이 끼칠 정도다. 하루는 물론, 단 1분도 낭비하지 않고 계획에 따라서 살아가야 한다는 조바심에 갇힌 일상들, 즉 무의미한 일은 조금도 해서는 안 된다는 강박관념에 사로잡혀 있는 것 같아서 삶이 무섭다는 생각을 해 본다."

사실 우리 여성들은 남성들보다 많은 역할을 감당하고 있다. 그러므로 시간관리에 있어서도 복잡한 문제를 안고 있는 것 또한 사실이다.

이렇듯 여류작가 미크를 포함한 대다수 여성들이 시간관리에 대해서 망설이는 이유는 그 어휘에 막연한 두려움을 느낀다는 경향도 있을 것이다. 뭔가 어려움에 직면할 것 같은 생각이 들어서, 또다른 불분명한 불안감─나는 100퍼센트 시간관리를 하고 있는 지, 과연 하루 속의 일분까지 최대한으로 아껴 쓰고 있는 지 어떤 지 불안감에 빠지는 것도 당연하다.

한편 그런 불안감은 불필요한 걱정에 불과하다는 사실을 곧 깨닫게 될 것이다. 왜냐하면 시간관리를 실행해보면 여유가 생기기 때문이다. 누구나 가지고 있는 생활방법과 그 선택의 폭─즐거운 일이나 자기가 하고 싶은 일을 할 수 있는 가장 귀중한 자유까지 포함해서─이 넓어진다.

시간관리라는 말이 딱딱하다고 믿어지는 사람은 '슬기로운 사용법'이라고 생각하면 된다.

'시간에 사역을 당하고 시간의 노예가 되는 것이 아니라 반대로 시간을 이용한다.'

이것을 이 책의 내용으로 생각해주기 바란다.

만약 당신이 진실로 '자기의 시간을 갖고 싶다'고 생각한다면, 이 책에서 기술하고자 하는 시간관리의 기본적인 방안을 빨리 실행에 옮겨주기를 권한다.

다이어트와 시간관리는 비슷하다

노력하라. 노력하지 않고서는
아무도 높은 곳에 오를 수 없다.
_알랭

　다이어트에 도전하려는데, 다소 도움을 받을까 하여 서점에 진열되어
있는 책들 중에서 한 권을 골라 읽었으나 체중 감량에 전혀 도움이 되지
않았다는 사실은 경험을 통해 알고 있을 것이다.

　우선 다이어트에 대한 내용을 파악한 다음, 그 중에서 자기에게 적합한
방법을 선택한다.

　그런 다음 음식물 섭취량을 감소시킨다고 하는 실질적인 작업에 돌입해
야 한다.

　보통사람이라면 중도에서 포기하는 경우도 있을 것이다. 그렇더라도
목표 달성을 결심하고 다이어트를 계속하면 서서히 효과가 나타나서 그
전보다 수월하게 몸매를 가꿀 수 있다. 그리하여 마침내는 목표로 한 이상
적인 체중에 이르게 되지만, 그 체중을 유지하기 위해서는 인내심을 갖고
다이어트 계획을 착실하게 지속적으로 실천하지 않으면 효과를 기대할 수
없다. 그렇지 않으면 모처럼의 노고가 수포로 되어 버린다.

　다이어트에 성공한 사람이면 누구나 깨닫고 있듯이 그 과정에서는 대단
한 노력이 필요하지만, 일단 성공에 이르면 인생이 장미빛 같은 자기 성취
의 만족감을 얻게 되어 매사에 적극적인 사고를 갖게 된다.

시간관리도 이와 같은 원리를 갖고 있다. 우선 자기의 생활방식에 맞는 것부터 선택함이 첫째 관문이다. 절대로 중도에서 좌절하거나 단념해서는 목적한 결과를 얻을 수 없다. 자기가 결정한 선택 방법을 계속해서 밀고 나갈 때 비로소 성공을 보장받을 수 있다.

그렇게 하면 자신도 놀랄 정도로 시간관리에 익숙해진 나머지 자연스럽게 실행에 옮길 수 있는 능력을 터득하게 된다. 자기에게 맞는 시간관리법을 발견하면, 즉각 효과가 나타난다. 또한 그 효과를 터득하면 그것을 유지해 나아가는 일은 그다지 어렵지 않다.

실패가 두려워 계획을 세우지 못함은 어리석은 자의 변명이다

만약 처음의 계획을 이루지 못했을 경우 곧 새로운 계획을 세우는 것이 좋다. 그리고 그것도 잘 되지 않으면 또 다른 계획으로 바꾸는 식으로 목표에 도달할 수 있을 때까지 몇 번이라도 참을성 있게 도전해 본다. 바로 여기에 포인트가 있다.

대다수의 사람들은 한 가지 계획을 세웠으나 그것에 실패하면 그에 대체하는 다른 목표를 세울 노력과 끈기가 없어서 성공의 기회를 놓쳐 버린다.

❤️ 어떻게 시간의 질을 높여 갈 것인가?

사랑이 없는 청춘, 지혜가 없는 노년
이 모두는 실패한 인생이다.

_스웨덴 속담

시간관리법이란 사소한 시간의 낭비도 없이 일하는 기계가 되라는 말은
아니다.

"아침 6시에 기상, 침구를 정리한다. 다섯 걸음 걸어서 화장실에 간다.
아이! 남편을 깨우는 일이 먼저였는데……"

이렇게 돼 버려서는 아무 의미가 없다. 이런 경우라면 일의 양을 줄이고
그 내용을 충실하게 보충시키는 방법이 중요하다. 일의 양을 늘리고 능률
적으로 다루는데 시간을 낭비해서는 안 된다.

하나의 목표를 세웠으면, 그 하나하나에 온 힘을 집중시켜야 효과가 나
타난다. 여러 가지 일을 동시에 해결하려는 자만과 성급한 행위는 절대 금
물이다.

어떻게 하면 무엇이든지 완벽하게 해내는 수퍼우먼이 되느냐보다는 왜
수퍼우먼이 될 필요가 없는가를 생각해 보아야 할 것이다.

자기에게 가장 필요한 시간대를 알아둔다

행복은 손에 잡고 있는 동안은 작게 보이지만
놓치면 그것이 얼마나 크고 귀중한 것인지를 알 것이다.
_막심 고리키

모든 사람에게 꼭 맞는 다이어트법이 없듯이 시간관리도 각 개인에게
똑같이 적용되는 방법이란 없다. 가족 구성, 가족의 요구, 개인적인 기호
등으로 달라지게 마련이다.

보통 때보다 한 시간 빨리 일어나서 식사 준비를 하고 집안 청소까지 끝
내고 외출 준비를 서두르는가 하면, 세탁을 시작하는, 하지만 여전히 이불
을 쓰고 침대에 누워 있거나 늦게까지 집안일에 매달려 있는 사람도 있을
것이다.

우선 그러한 차이점을 인식하는 것이다. 그런 다음 자기에게 가장 상태
가 좋은 시간대를 알고서 먼저 해야 할 일을 정하면 된다. 일의 순서가 정
해지면 시간 배당은 그 다음이다.

물론 시간을 할당하는 몫은 당신 자신이다. 그러므로 시간이 당신을 할
당하는 것은 아니다.

자신이 가지고 있는 시간을 최대한으로 활용한다

세상 사람들은 모두 자기의 기억력을 탄식한다.
하지만 아무도 자기의 비판력을 탄식하지는 않는다.
_프랑수아 로슈푸코

계획을 세울 때는 다음과 같은 것을 염두에 두어야 한다.
'당신은 자신의 인생에서 무엇을 가장 중요시하고 싶은가?'
이 의미를 모르고서는 어떤 계획도 세울 수 없다.
돈이나 재산이 중요한가, 가족이 중요한가, 사업 또는 직장에서 성공하는 일이 중요한가를 결정한 다음, 어떤 순서로 그 목표에 이룰 수 있는가를 이 책의 지시에 따라서 과감히 시도해주기 바란다.
비로소 당신은 자신의 인생에서 주인공이 되는 기회를 갖게 될 것이다.

아침에 일찍 일어나면 하루를 두 배로 산다
아침에 일찍 일어나서 하루 일을 시작하는 기분은 각별한 생활의 멋을 느낄 수 있다. 생각하는 것, 말하는 것, 행동에 이르기까지 활기가 넘치게 되며 여유로운 상태는 하루 종일 지속되면서 단순히 기분만이 아니라 실제로 그렇게 된다. 많은 가사일이 쌓여 기다리고 있는 여성들의 아침은 하루의 시작을 여는 희망의 시간이다.

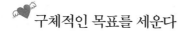 구체적인 목표를 세운다

기회는 새와 같은 것이다.
날아가기 전에 붙잡아라
_실러

　자기의 인생에서 무엇을 중요시해야 할 것인가를 확실히 결정했다면,
다음은 그것을 향하여 무리 없는 실행 목표를 세울 수가 있다.

　'우선'이란 말은 시간관리에 자주 나오는 용어이다.

　자기가 중요시하고 싶은 일, 몇 가지 세운 목표를 달성하기 위해서 매일
매일 해야 될 일 중에서도 무엇을 우선으로 할 것인가를 계획성 있게 선정
해야 한다. 그렇지 않으면 시간관리는 혼란을 거듭할 뿐이고, 처음부터 순
조롭게 진행되지 않는다.

　그러므로 이 책에서는 가장 우선적인 일부터 순차적으로 A1, A2……
B1, B2, 뒤로 밀어도 괜찮은 사항을 C4[불필요한 일이 많음]라고 순서를
정한다.

지금 바로, 실천에 옮기면 변화한다

일생에서 가장 중요한 것은 직업의 선택이다.
하지만 그것을 좌우하는 힘은 우연이다.
_파스칼

어쨌든 실제로 실행해 보는 것이 무엇보다도 중요하다. 행동으로 옮겨보면 시간관리란 두렵고 어려운 것이 아니라는 사실을 깨닫게 된다. 지금 바로 시작하지 않으면, 다음 주까지도 완성된다는 보장은 없다.

그러므로 시간관리의 핵심은 '계획'이지만, 이를 성공시키려면 실제 행동으로 옮기는 용기이다.

다이어트를 실행하려는 사람이, '오늘, 내일 중으로 4~5킬로그램을 줄이겠다'고 선언하였더라도 행동으로 옮기지 않으면 결코 실현할 수 없다.

시간관리의 궁극적인 목표를 '언제인가는 내가 근무하는 은행의 지점장이 되겠다'고 선언했다 하더라도 실현될 수 없다. 왜냐하면 거기에 도달하는 단계를 밟지 않으면 안 되기 때문이다.

결코 시간관리는 어렵지 않다

분수에 넘치는 야심 때문에 마음을 괴롭히지만 않는다면
대개의 인간은 작은 일로도 성공한다.

_롱펠로

여성의 시간관리가 특별하다는 이유는 또 있다.

여성들이 안고 있는 여러 가지의 심적 고민[직장인, 가정주부, 독신녀]은 눈에 보이지 않게 시간을 낭비시키는 요소들이다.

무슨 일이든지 완벽하게 해내는 수퍼우먼이 되지 않으면, 결코 성공할수 없다는 초조함과 비관적인 심리 속에서 무리를 하기 때문에 시간관리가 어렵게 된다.

자신의 마음 속에 깃들어 있는 시간에 대한 어두운 그림자를 제거할 수있다면, 다른 일도 쉽게 해결될 것이다. 그런 다음에 시간관리를 차례로진행시켜 나가면, '자기의 시간'이 이루어진다. 이 점만은 분명히 약속할수 있다.

자기 시간에 대한 값을 매겨 본다

모든 지혜는 두 단어로 함축될 수 있다.
바로 기다림과 희망이다.
_뒤마

시간은 우리들이 가지고 있는 재산 중에서 가장 중요한 돈과 같다. 그런데도 우리들 여성은 '자기의 시간'을 여러 가지 일에 무의미하게 낭비하는 좋지 못한 습관을 가지고 있다.

남성은 자기가 하고 있는 일이나 업무 수행시간을 다른 사람에 의해 방해를 받는다는 생각을 하지 않는 반면, 여성은 주위 사람들의 형편에 맞추어 시간을 보내는 경우가 많다.

그러므로 여성도 자기의 시간을 소중히 아껴 쓰지 않으면 안 된다. 이렇듯 시간이 매우 귀중하다는 사실을 잘 알고 있으면서도 사소한 일로 많은 시간을 낭비한 다음, 정작 필요한 때는 '시간이 있었으면⋯⋯' 하고 입버릇처럼 말하는가 하면 시간을 돈으로 계산해보자고 제의하면 대개의 여성들은 외면을 하거나 꽁무니를 뺀다.

무슨 이유 때문일까.

여성이 서비스를 통해서나 어떤 기회에 돈 내기를 꺼려 하는 정신적 이유는 다음과 같은 연유로 살펴볼 수 있다.

- 습관
- 경제적인 이유

• 자기 시간에 대한 적절한 값을 매길 수 없을 때

▌어드바이스(advice)

● 자기 자신을 바꾸려면 무엇이 필요한가.

● 사람을 자기편으로 끌여들이는 매력적인 인간성은 어떻게 길러져야 하는가.

● 강인하고 활기찬 인간성을 기르고 향상시키려면 어떻게 하면 되는가. 우선 작은 변화를 만들어 내는 것이 무엇보다 중요하다,

그로부터 얻어진 변화를 계속 유지시킴으로써 그것이 습관으로 발전되어 큰 힘을 발휘하는 강한 바람처럼 작용한다. 이와 같이 변화가 거듭되는 동안 습관은 새로운 당신을 창조해 낸다.

짜투리 시간을 자기 개발에 투자하라

루즈벨트는 대통령 시절에도 항상 책을 펼쳐 놓은 채 책상 위나 가까운 곳에 놓아두곤 했다. 내방객이 없는 불과 몇 분 동안이라도 틈을 내어 읽을 수 있도록 한 것이다. 그의 아들 말에 의하면 옷을 갈아입는 사이에도 시를 읽고 외울 수 있도록 옷장 안에 시집을 넣어두었다는 것이다.

시간을 돈으로 계산함은 남성 쪽이 더 적극적이다

사람은 사람에게서 말을 배우고
신으로부터는 침묵하는 법을 배운다.
_플루타르크

    남성은 시간을 돈으로 계산하는 일에 대해서 만큼은 결코 여성처럼 망설이지 않는다.

    독신 남성은 주저하지 않고 세탁이나 청소 등을 타인에게 의뢰하며, 자기의 사업을 일으키고 확장하기 위해서는 우선적으로 사람을 고용하려고 생각한다. 자기 시간의 가치를 알고 있는 만큼 부탁할 일은 되도록 타인에게 의뢰해 처리한다.

    그러므로 가정이나 직장에서 절약한 시간만큼 자기가 좋아하는 취미생활을 즐기고, 사업상의 고객을 만나는 시간으로까지 연결시켜 성공을 위해 활용하기도 한다.

    그러나 남성과 동등한 지위에 있는 여성이라 할지라도 자기 시간의 서비스를 이용하는 데는 주저한다. 그것은 습관의 탓이다. 하루하루 반복되는 가사노동으로 몹시 지쳐 버릴 정도로 자신을 혹사하면서 아주 사소한 일까지도 직접 해결하려는 과잉 열성을 보인다. 그래야만 마음이 편하기 때문이다.

    그 이유를 물으면, 대개는 이렇게 말한다.

    "나만이 할 수 있는 일이기 때문에 하지 않으면 안 된다."

사실은 나 자신도 예외는 아니었다.

몇 년 동안 여성들에게 시간의 귀중함을 호소해 오면서도, 한편으로는 이 책을 쓰기 위해 늦은 밤을, 토요일에는 취재를 하면서 세탁기를 돌리고 있었던 것이다.

세탁기에 물을 넣은 다음, 특정 인물에 대해 취재를 한다. 세탁물을 꺼내어 건조기에 넣은 다음에는 다른 상대를 만나기 위해 탐문한다, 건조된 옷을 정리하며 또 다른 사람을…….

이렇듯 직업적인 일과 가사를 동시에 해결할 수 있다는 내 능력의 우수성에 도취되어 남에게 권고하고 있는 문제점을 오히려 실행하지 못하고 있다는 생각을 잊고 있었던 것이다.

끝내 취재를 마친 나는 이중삼중의 노동에 지칠 대로 지쳐버린다. 이런 나에게 한 남자 친구는 이해할 수 없다는 듯이 말했다.

"다이애너! 당신은 많은 여성들에게 감당하기 어려운 일은 돈을 지불하고서라도 남에게 맡기고, 토요일만큼은 편히 쉬자고 설득하면서 자기 자신은 실행을 못하고 있으니 이는 무슨 까닭인가요?"

가사를 도움 받는 일에 여성은 죄책감을 느끼고 있다

자녀를 정직하게 행동할 수 있게 하는 것이
교육의 시작이다.
_존 러스킨

왜냐하면, 나 역시도 많은 여성들처럼 '집안일 만큼은 내가 직접한다'는 고정 관념에 중독되어 있는 까닭에 그 이외의 방법을 생각한다는 것을 까맣게 잊고 있었던 것이다. 금전의 문제가 아니라 생활의 습관에 원인이 있었다.

지금은 아파트 골목길을 나서면 바로 세탁소가 있어 세탁물을 맡기고 즐거운 마음으로 토요일 하루를 보낼 수 있게 되었지만 말이다.

그러나 이미 습관화된 '내가 직접 해야 될 일이므로 하지 않으면 안 된다'는 고정 관념 때문만도 아니다. '이 일은 여자가 해야 할 일이라고 어렸을 때부터 믿어왔기 때문에 하지 않으면 안 된다'고 하는 너무 익숙해져버린 관습이 원인이다.

무엇보다도 가정부나 도우미를 고용한다는 선택은 사회적 관습이 상식에서 벗어남을 인정하는 것으로 판단하고 있다는데 문제가 더 심각하다. 이러한 잘못된 시각은 여성에 대한 사회 전반의 편견과 사고방식이 시대에 뒤떨어진 현상이 아닐까.

잘못된 개념이라고 단언하면서도 쉽게 해결할 수 없는 요인이 우리 사회의 지배적 구조다.

직업을 가지고 있다는 이유만으로 젊고 원기 왕성한 여성이 가사를 남에게 맡기고 있다면 주위의 다른 가정주부들은 어떤 얼굴을 할 것인가. 대다수는 무슨 꼴불견인가 하고 눈살을 찌그릴 것이 틀림없다.

그런 부질 없는 여성은 일부 부유층이거나 고령자뿐이라고 생각하는 것이 현실이다. 이렇듯 세상의 상식은 직업여성에 대해서 만큼은 너무 낡은 고정관념의 틀에 얽매여 사람들의 입에 오르내린다.

이러한 비판에 대항하려면 '남이야, 어떻게 생각하든 알 바가 아니다'고 결심하면 쉽게 해결될 일이다. 이렇듯 위기에 처해 있는 당사자는 다른 사람이 아니라 바로 당신의 인생이다.

하지만 꼭 필요한 삶의 반칙은 당신의 정신 상태를 정상적으로 유지하고 일상의 여가시간을 보다 많이 갖게 위함이다.

내일 할 일이 있으면, 오늘 하라

💕 남편의 권고로 시간을 돈으로 사는 경우

중요한 사람인 체 하지 말고 중요한 사람이 되라
영웅처럼 보이려 애쓰기보다는 영웅이 되기 위해 분투하라.
_그라시안

    스잔은 어린아이를 양육하고 있는 기혼녀로서, 뉴욕 어느 기업체의 기획실에 근무하고 있다.

    그녀는 아기를 낳기 전부터 집안일을 돌봐주는 가정부나 도우미의 도움까지 받고 있는 경우다. 남편이 적극 권했던 것이다.

    "서민아파트에 살면서 가정부를 둔다는 것은 처음에는 미친 짓이라고 생각했어요. 그러나 남편이 왜 가정부의 손을 빌리지 않는가, 빨리 고용하라는 독촉까지 받았어요."

    스잔 부부는 그로부터 쭉 그렇게 살아왔다.

    집 안팎 대청소에 대해서는 남편이나 나 역시도 좋아하지 않았으므로 한 달에 한 번 정도는 관련업체에 맡겨 손질을 하고, 우리 부부의 화합과 만족한 기분을 유지시키기 위해서는 경제적으로 허락되는 한도 내에서 남에게 부탁할 수 있는 일은 맡기고, 아이들과 함께 편하게 지내자고 하는 의견일치에서 도우미의 일손을 빌려 여가시간을 활용하고 있다.

    이 경우도 타인으로부터 받는 서비스를 최대한으로 이용하는 이점을 알고 있었던 것은 오히려 남편 쪽이었다.

    결국 스잔 일가는 '시간을 절약하기 위해서는 돈을 지불한다'는 편의가 습관화된 하나의 예다.

스잔은 '경제적으로 허락되는 한도 내에서'라고 했지만, 여성이 시간을 절약하는 각종 서비스나 그 방법에 돈을 쓰지 않는 두 번째 이유가 지적되고 있다.

물론 가정부를 고용하거나 전자렌지를 구입하는 수단이 경제적인 이유로 불가능한 경우도 있다. 그런 때는 세상 소문에 대해 염려하는 경우보다 경제적인 이유로 쉽지 않다.

때로는 친구들이나 동창을 만나기 위한 교제비를 어떻게 충당할 것인가에 대해 가계의 어려움을 느끼는 경우도 있을 것이다. 교육비가 늘고, 월부금에 얽매이고 외출복을 새로 구입하는 것조차 여의치 않은 케이스는 흔히 있다.

그렇다면 좋은 방법이 없는 것일까?

이럴 경우 무엇을 우선할 것인가를 한 번 더 검토해 볼 일이다. 어떻게 하면 경비를 덜 수 있을 것인가를 생각하고 자기를 위하여 사용할 시간을 슬기롭게 만드는 방법을 연구해 볼 일이다.

무엇이든 절약해서 시간을 돈으로 사 보라

현명한 사람은 부의 가치를 알지만
부자는 지혜가 가져다주는 즐거움을 모른다.
_러스킨

　월급제로 가정부를 고용할 수 없다면, 일 년에 두 번 정도 유리창을 닦거나 카펫 청소, 보일러 점검 등등 많은 노력을 필요로 하는 일에 업자의 손을 잠시 활용하면 경비절약에 도움이 된다.

　돈이 드는 선택은 개인의 문제이므로 누군가가 당신을 대신해서 결정할 수 있는 일이 아니다.

　특히 돈으로 시간을 산다고 하면, 자기가 무엇을 먼저 해야 할 것인가를 신중히 생각해서 결정해야 할 것이다.

　금전적으로 어느 부분을 줄여야 되는가를 파악했다면 얼마만큼의 시간을 살 수 있는가 하는 계산도 알았을 것이다. 그렇다면 실험적이라도 좋으니까, 시도해 보기 바란다.

　자기가 무엇보다도 먼저 하고 싶은 일을 생각해 보는 것은 장기적으로 볼 때 쓸모 없는 소모적인 일이 아니다.

　지금은 서비스를 받을 여유가 없고, 우선 다른 곳에 돈을 써야 하므로 희망사항으로 남지만, 언젠가는 가사 대행을 남에게 의뢰해 보고 싶다는 생각 여하에 따라서 자기가 무엇을 구하고 있는가 하는 사고력이 분명해진다.

또 목표를 세우는 계획만으로도 실현성이 나타난다. 목표는 실현을 향한 첫걸음을 내딛는 시발점이라는 사실이다.

신문사 교열부에 근무하고 있는 할리에트는 이에 대하여 다음과 같이 말해 주었다.

"자기 시간을 갖는다는 것은 매우 귀중하다. 그런 생각으로 결단을 내려 세탁소를 이용하기 시작했다. 세탁기 돌아가는 것을 물끄러미 바라보며 무료하게 기다리고 있는 것보다 세탁소에 맡기는 편이 경비가 절감될 것이라는 판단에서였다. 물론 내 처지로는 사치스러운 일이지만, 지금은 2주에 한 번은 도우미에 가사를 의뢰한다. 그것이 경제적으로 허용되는 최대의 횟수이므로 이에 만족하고 있다. 이제는 거실을 걸레로 닦지 않아도 되니까."

이 말은 자기에게 필요한 가사 대행을 부탁할 것인가 아닌가를 판단하는 좋은 예가 될 것이다.

🖤 시간을 살 여유가 없는 사람에게는 이런 방법이 있다

자신을 과신하지 않는 자는
신을 믿고 있는 자보다 훨씬 현명하다.
_괴테

'경제적인 능력이 없다'는 사람이라면 다른 좋은 방법이 있다.

'서로 필요한 것을 융통한다.'는 방법이다.

서로에게 필요한 것을 융통한다는 관계라면 신중성이 요구되며, 그러한 관계를 구축하는 일이 어려운 경우도 있을 지 모른다. 그러나 상대에게 기술이나 물건, 시간을 제공하고 그 대신에 자기가 필요한 물건을 입수하고자 하는 사람들 사이에서는 이 방법이 착실한 관계로 정착되고 있는 시점에 와 있다.

그 한 예로 직장을 가지고 있는 주부사원들 사이에서 가장 유용하게 활용되고 있는 방법이 탁아문제이다.

탁아라고 하지만 원칙적으로 시간을 맞바꾼다는 조건하에 운영되고 있으므로 관계를 맺고 있는 당사자도 시간을 제공하지 않으면 안 된다는 제약 때문에 결국은 시간절약이란 도움을 받지 못한다.

그러나 실행에 옮기기 위해서 자기에게 편리하도록 시간을 맞추어 하루 일과를 유효하게 사용한다는 의미에서는 경비절약 만큼이나 의의가 있는 방법이다.

예컨대, 화요일 밤에 탁아협동 멤버 중의 한 사람이 당신의 아이를 맡아

준다고 하자. 그러면 당신은 일을 하던지 동창회나 모임에 참석하는 자유로운 시간을 보낼 수 있다.

다음에 그 사람의 아이를 맡을 차례가 왔을 때 기분 좋게 돌봐줄 수 있을 것이다.

이와 같은 편리함은 모든 서비스 교환에 좋은 예로 운영될 수 있다. 당신이 편물짜기를 좋아한다면 세무사 친구로부터 세금에 관한 상담과 바꾸어서 그 댓가로 스웨터를 짜 주어도 좋은 방법이다.

이렇듯 서로 필요한 것을 융통하는 데는 끝이 없다. 서비스 대 서비스, 물품과 서비스, 물품과 물품의 교환에 이르기까지……

셀 휴우는 어느 회사에서 판매직을 담당하고 있는 맹렬 여성인데, 늘 집을 비우는 시간이 많아 딸아이가 언제 사고를 당할 지 '벌벌 떨면서 지내고 있다'고 하면서 어려운 경우를 당하지 않도록 다음과 같이 미리 예방책을 쓰고 있다고 말해 주었다.

"딸아이가 비교적 건강할 때 되도록 주위 사람을 위해서 많은 시간을 제공해 왔다. 그러므로 딸아이가 사고를 일으키거나 어려운 일을 당하면 이웃이나 친구들이 급히 달려와서 돌봐주기 때문에 안심할 수 있었다."

친구 중에 비즈니스를 시작한 디자이너가 있는데, 그녀는 디자인에 대해서는 재능이 있지만, 구매·판매에 관해서는 전혀 사업적인 센스가 없었다.

그래서 그 분야의 교육을 받은 내가 2~3일간 '지금 처리하지 않으면 안될 일과 그 다음에 해야 할 일'에 대해 어드바이스를 해 주었다. 그 댓가라고 하면 좀 이상할지 모르지만, 그녀는 지금도 우리 아이를 돌봐주고 내가 부탁하는 일이 있으면 기꺼이 응해주는 고마운 이웃이다.

일이 너무 바쁜 탓에 미처 홈 파티 준비를 못하고 허둥대고 있었는데, 내 차를 하루 사용하는 조건으로 다른 친구가 파티 준비를 해주어 별 어려움 없이 끝낼 수 있었다.

나중에 생각해 보니 서로의 협력관계였다고 생각되었다. 가벼운 마음으로 "좀 도와주지 않을래?" 하고 말하면, 그것으로 관계가 성립되는 것이다. 상호간의 네트워크가 활동하게 되는 것이므로 편리하다.

처음부터 서비스나 물건을 서로 융통하자고 제안하는 일이 어려울지 모르지만, 협력관계에 있어 금전수수를 제안하는 것보다 훨씬 좋아하고 있음을 알 수 있다. 가계가 어려워서 경제적 이유로 필요한 만큼의 서비스를 살 수 없는 여성에게 이 방법은 새로운 활로임이 분명하다.

시간을 만드는 천재들

영국의 알프렛 왕은 신하들 보다 더 많은 일을 하면서도 공부할 시간을 찾아내 군주로서의 지적 수양을 쌓기에 노력하였으며, 독일의 프르드리히 대왕은 제국을 다스리고 한편으로 끊임없이 전쟁을 계속하면서도 시간을 활용한 나머지 철학에 심취하여 지적인 기쁨을 맛보았다고 한다.

또한 나폴레옹 역시도 나라를 지배하며 최측근에서 자신의 왕위를 옹위하는 자들만 거느리고 그들의 운명을 마음대로 좌우하면서도 틈을 내어 책을 읽으면서 유명한 학자들과의 대화를 즐겼다고 한다.

시저 역시 로마인들의 마음을 사로잡은 뒤 멀리 떨어져 있는 왕국으로부터 찾아온 많은 하객들을 맞이하면서 틈틈이 지적 수양을 쌓기 위한 시간을 독서로 할애하였다고 한다.

절약 방법을 잘못 활용하고 있는 지 돌이켜 본다

지혜를 이해하는 데는 지혜가 필요하다.
귀머거리 청중에겐 음악이 아무런 의미가 없다.
_리프먼

우리들이 행하고 있는 절약 방법을 잘못 활용하고 있는 지 살펴볼 일이다.

이런 이야기를 들은 적이 있다.

어느 여성이 마카로니 할인판매 행사를 하고 있는 슈퍼마켓 안내광고를 보았다. 그 여성은 직장에서 돌아오자 곧 이웃집 여자까지 권유해서 전철을 타고 뉴저지주 호보켄까지 갔다[그녀는 맨하턴에 살고 있었다].

역에 도착하자, 다시 10분을 더 걸어서 그 슈퍼마켓으로 가서 마카로니 두 상자와 봉지에 넘칠 만큼 식료품을 사 가지고 집으로 돌아왔다.

왕복에 걸린 시간은 약 3시간, 운임은 60센트, 덤으로 산 두 봉지의 식료품까지 합해서 지불한 돈은 30불. 그만한 돈을 지불하고 그녀가 절약한 금액은 두 상자의 마카로니를 할인한 20센트, 계산해 보면 한 상자 당 10센트를 절약한 셈이다.

이는 극단적인 한 예인지 모른다. 그러나 마카로니를 산 여성의 경우는 아니라 하더라도 '컴퓨터 워드프로세스를 자기 손으로 할 수 있기 때문에 비서를 쓰는 일은 하지 않는다'고 하여 고용인까지 절약하려는 여성 경영자는 의외로 많다.

늘 사무적인 업무에 쫓겨서 새로운 고객을 찾기에 노력하는 시간도, 그 때그때의 문제를 해결할 시간조차 없어서, 결국은 그 댓가로 돈을 잃게 되는 경우와 같다.

남성은 '비즈니스를 시작했으면, 1년 동안 1백만 불의 이익을 올려야 된다'고 그 목표를 금액으로 표시하지만, 여성은 10년쯤 경험을 쌓았다 하더라도 상당한 금전적 이익을 얻었다고는 생각하지 않는 듯하다.

때로는 남편을 혼자 있게 하라

앙드레 모르아는 『결혼의 기술』이라는 책에서 다음과 같이 쓰고 있다.

'서로의 취미를 존중하지 않는 한 행복한 결혼생활을 기대할 수 없다. 다시 말하면 두 사람이 같은 의견과 희망을 갖기란 매우 어려운 일이므로 일부러 그렇게 할 수도 없고 그런 결과를 바랄 수도 없기 때문이다.'

시간을 사는 것은 마음의 건강을 얻는 것과 같다

경험으로 체득한 지혜는
결코 잊혀지지 않는다.
_피타고라스

보험대리인 올슨은 직장에서의 한 시간이 어느 정도의 금액에 해당하는
가를 계산해 보았다.

"업무시간을 금전으로 환산해 보면, 직장에서 단 몇 분의 사적인 이야기
도 본능적으로 피하게 된다. 내 계산으로는 직장에서의 30분은 50불에 해
당한다고 믿고 있다. 액수가 조금 많다고 생각되겠지만, 아직 시간을 슬기
롭게 이용하고 있지 못하고 있음으로, 실은 백 불쯤으로 계산해 보고 싶을
정도다. 금전으로 환산해 봄은 시간의 소중함을 명심하기 위해서이다."

이렇듯 올슨이 시간을 돈으로 환산하기 시작한 것은 비즈니스의 세계는
'시간은 금이다'라는 철학 때문이다. 그러므로 '그렇다, 나의 10분은 얼마
만한 값어치가 되는가?' 하고 계산해 보는 것도 자신을 위한 값진 기준이
될 수 있다.

그렇다면 가정에서는 어떠한가. 올슨은 계속해서 말했다.

"확실히 돈은 합리적인 기준을 가져다준다. 그러나 가정에서 사용한 시
간을 어떻게 계산할 수 있다는 말인가? 가족을 위해 봉사했다는 만족감인
가? 즐거움인가? 어쨌든 가정에서의 시간을 돈으로 계산해 볼 기준은 없
다. 행복은 칼로리라든가, 온스, 몇 센티미터로 잴 수가 없기 때문이다."

그렇지만 '시간은 귀중한 것이다'라고 자기 자신에게 들려줄 수는 있을 것이다. 그러므로 가족을 위해 활용한 '시간은 돈이다'라는 말보다 더욱 의미가 분명해진다.

비록 평가는 낮았다고 하지만, 여성의 가사노동이 돈으로 환산되었다고 하는 뜻 깊은 의미가 있다. 어쨌든 일보 전진해서 자기가 쓴 시간에 대해 값을 매겨봄과 동시에 자기의 시간을 과소평가할 대상이 아니라는 생각을 가져주기 바란다.

휴일에 아이들과 함께 지내려면 일주일에 한 번 정도는 도우미의 서비스를 받지 않으면 안 되므로 값으로 환산하여 50불의 가치가 있다고 한다면, 세탁소에 지불하는 주 15불의 댓가는 일상생활을 통해 꼭 하고 싶은 일이 있는데도, 세탁기 앞에서 물끄러미 바라보며 기다리고 있는 시간을 계산해 보면 분명히 그 이상의 가치가 있을 것이다.

일정한 댓가를 돈으로 지불하고 안정을 얻을 수만 있다면 서비스를 사는 돈은 절대로 비싼 가격이 아니다.

시간을 사는 것으로 해서 우리들은 생활에 필요한 정신 상태를 필요한 만큼 얻을 수 있기 때문이다.

시간 낭비를 해결할 수 있는 확실한 방법

삶을 두려워 말라. 살만한 가치가 있다고 믿어라.
그러면 믿음대로 될 것이다.
_제임스

　목적 달성을 방해하는 원인은 무엇보다도 시간을 낭비하는데 있다. 나의 경우 시간의 낭비를 막는 결정적인 방법은 '실콕스의 질문'이라고 부르고 있는 것에 의해서 확인할 수 있을 것이다.

　'이 방법을 활용하지 않으면 어떤 일이 일어날까?'

　이것이 나에 대한 첫 질문이었다.

　만약 그 답이 '아무 일도 일어나지 않는다'이면, 그 행위는 그 시점에서 시간 낭비라고 체크한다. 따라서 다음 행위는 중지한다.

자기가 행한 행동이 적절한가 다시 한 번 체크해 본다

행복한 사람이 더 행복해지기 위해 다른 뭔가를
원하는 것을 이해할 수 없다.
_키케로

　예를 들면, 내가 하루 18시간 동안을 일하고 있다는 사실에 스스로가 그렇게 하고자 했기 때문이라는 생각에 미쳤을 때, 혹은 일이 있을 때마다 내가 설정한 '실콕스의 질문'을 사용해서 시간 낭비를 예방할 수 있었다.

　상황▶ 아침까지 우편물이 책상 위에 그대로 쌓여 있다. 지금 곧 이 우편물을 개봉해서 읽고 처리하지 않으면 어떤 일이 일어날 것인가.

　답▶▶ 아무 일도 일어나지 않는다. 사무실을 처음 개업했을 때 보내오는 우편물의 대부분이 물품 소개 안내광고문이어서 서둘러 개봉할 필요가 없었던 것이다.

　상황▶ 날아갈 듯이 요란하게 전화벨이 울린다. 불요불급의 전화를 삼가고 수다를 떠는 전화라면 빨리 끊어버리는 것이 어떨까.

　답▶▶ 아무 일도 일어나지 않는다. 오히려 그런 전화는 일거리를 만들 뿐이다.

　상황▶ 우편물을 처리하고 있는데 고객으로부터 전화가 걸려와서 오후에 방문해 달라고 한다. 만약 고객과 약속한 시간에 가지 않으면 어떻게 될까.

답▶▶ 어쩌면 고객을 잃을 지도 모른다. 그렇다면 우선적으로 가야지.

이렇듯 실콕스의 질문을 사용하면 자기의 행동이 필요로 하는 일인가 아닌가의 판단을 훨씬 간단하고 신속하게 결정할 수 있다.

처음에는 훈련이 안 되어 불안정하겠지만, 곧 익숙해져서 편리하게 자신의 의사를 결정지으며 불필요한 내용을 빠르고 정확하게 구분해서 처리할 수 있는 능력에 스스로 놀랄 것이다.

시간을 빼앗기는 원인은 사람에 따라 다르다.

산더미처럼 쌓인 우편물 앞에서 동료직원이 '이것을 선별하지 않으면 어떻게 될 것인가?' 하고 물어보면, 답은 '목이 잘릴지도 모른다'는 말이 나오고, 똑같은 질문을 동료와 상사에게 물으면, 그 답은 '아무 일도 일어나지 않는다. 그 일 때문에 직원이 필요한 것이 아닌가?' 하고 오히려 반문할 것이다.

기다리는 시간도 유용하게 쓰고 싶다

희망은 살아 숨 쉬는 꿈이다.

_아리스토텔레스

가장 지루하고 헛된 시간은 이유 없는 기다림이다.

당신의 시간표에서 불분명한 대상을 제거하는 노력이 어렵다고 하는 생각은 낭비되는 시간을 제공하는 요인이 자기 자신이 아니라 제삼자인 경우가 많다.

이럴 때 확실한 개선은 어렵지만 불가능한 일은 아니다. 일생을 살아가는 동안 항상 기다리는 일상은 변함이 없지만 성실하게 계획을 세워 활용하면 '기다리는 시간'도 결코 헛된 낭비라고는 생각되지 않을 것이다.

그러나 많은 사람들이 '상대가 그와 같이 무책임하다면, 이쪽도……' 기다림을 당하는 일에 너무나 익숙해져 당연하다는 듯한 태도가 엿보인다.

"나는 기다리는 것이 싫다. 왜냐하면 항상 상대편이 늦게 오기 때문이다. 그래서 그 쪽의 늦은 시간에 맞추어 가려다가 지각해 버렸다. 물론 그것이 실례라는 것은 알고 있다."

"지각하게 된 이유를 내 자신이 잘 알고 있다. 언제나 시간을 촉박하게 세웠기 때문이다. 또 자기 중심적인 탓도 있다. 상대보다 미리 도착해서 기다릴 수 없다고 하는 그릇된 자존심 때문이다. 물론 시간이 아깝다고 생각하고 있었지만, 항상 나를 기다리게 한 상대방의 입장에서 생각해 보지 않을 수 없었다.”

이렇게 말하는 사람이 있지만, 이와 같은 자기 변명은 어떠한 해결책도 찾지 못한다.

우선 '기다리게 하는 것은 좋지 않다!'는 점은 고려해 볼 사항이다.

아름다운 꽃을 보려면 잡초부터 뽑아야 한다.

위의 말을 달리 표현한다면 자기가 즐기며 하고 싶은 일을 위해서는 될 수 있는 한 많은 시간을 확보해 둠으로써 짧은 시간에 필요한 일을 확실하게 한다는 뜻을 비유한 말이다.

당신 자신을 믿어라.
그러면 다른 사람이 당신을 배반하지 않을 것이다.

지각한 사람은 상대를 기다리지 않는다

부자가 그 부를 자랑하더라도 그 부를 어떻게 쓰는가를
알기 전에는 그를 칭찬해서는 안 된다.
_소크라테스

자주 늦는 상대라면 약속 시간에 맞추어 오도록 유도한다.

캐롤 베라미 여사가 뉴욕 시의회 의장에 선출되었을 때 가장 먼저 한 일
은 그때까지 지각 행사로 정평이 나 있던 시의회 회의를 모두 정각에 개최
한다는 것을 목표로 삼았다.

신문은 새 여성의장의 태도에 대해 귀엽고 작은 변태적인 처사라고 익
살스럽게 논평했다. 그러나 베라미 의장은 의지를 굽히지 않았다. 그래서
지금은 모든 회의가 정각에 시작되고 있다.

결국은 자기 시간뿐만 아니라 출석자 의원 모두의 시간을 절약시킨 셈
이다. 물론 시의회 의장이 아니더라도 약속 시간의 정확함을 기하고자 요
구할 수는 있다.

사회복지 근로여성 모임의 리더인 로즈 그룹슨 여사는 이렇게 말하고
있다.

"예정된 시간이 되면, 누가 오던 안 오던 간에 반드시 업무를 시작한다.
누구라도 불규칙적이고 문란한 행동을 보인다든지, 불확실하고 불분명한
기회를 주게 되면, 그래도 된다는 나태한 습성에 쉽게 빠진다. 그러나 완강
하게 책임감을 요구하면, 그에 응하려고 노력하는 것이 인간의 본성이다."

비서직에 자부심을 가져라

"야망을 지닌 젊은 여성이라면 비서로 출발하는 것이 현명한 길이다. 비서직은 당신을 입사 초기의 업무보다 높은 직위 업무와 연결시켜 주므로 많은 것을 귀동냥으로 배우게 된다."

이 말은 타임주식회사 부회장 존 맨터의 말이다.

비서직은 일을 배우고 상황을 파악하는데 더 없이 좋은 자리다. 지금은 대기업의 비서 자리를 구해 보려고 노력해도 매우 힘들다.

요즘의 비서들은 옛날처럼 속기를 알아야 할 필요가 없다. 스마트폰의 녹음기능을 이용하여 문서로 작성하면 된다. 그러는 동안 학창시절에도 알지 못했던 당신의 재능이 나타나기 시작할 것이다.

아껴서 갖는 것이 없어서 원하는 것보다 낫다,

정각이라고 말하는 것보다 5분 전이라고 하면 약속을 지킬 수 있다

행복은 지배하여야 하고
불행은 극복해야 한다.
_독일 속담

소집시간을 정각 6시로 지정하는 것보다 6시 5분, 5시 55분이라고 하면 약속시간을 지키게 하는 효과적인 방법으로 활용할 수 있다. 이 같은 어중간한 시각을 약속 받았다면 상대가 바쁜 사람이라는 것을 이해한다.

그러나 친구에게까지 '점심시간에 도착하지 않으면 곤란해!' 하는 말은 다소 강압적인 요구에 가깝다.

"기다리게 하는 것은 곤란해. 당신도 그렇지?"

하고 가볍게 말하면 상대도 편한 마음으로 받아들인다.

그러므로 일부러 늦게 오는 사람을 미리 차단할 수 있다. 물론 대대수의 사람들이 늦으려고 마음먹는 것은 아니다. 왜 늦었느냐고 물으면, 그 원인이 사소한 일을 계산에서 잊은 경우가 많음을 알 수 있었다.

우리의 일상생활 속에서 무엇인가 불미스러운 작은 일이 원인이 되어 지장을 불러일으키게 되는 경우가 의외로 많음을 엿볼 수 있다는 것이다. 그러한 예정 밖의 사소한 일에 대비해서 약속시간에 충분하도록 계획을 세우는 세심한 마음가짐이 무엇보다도 중요하다.

전문 외과의사 비서를 담당하고 있는 아기엄마 후리드먼은 그러한 경우를 대비해서 다음과 같이 예비시간을 만들고 있다고 말한다.

"6시 30분에 꼭 가겠습니다."

이런 약속은 하지 않는다. 그 시간까지 도착해야 한다는 스트레스가 싫었던 것이다. 또 한편으로는 예기치 못한 일이 일어날지도 모른다는 예방책이기도 하다. 그래서 다소 여유있는 시간대를 약속한다.

"6시 30분경이나 7시까지는 가겠습니다."

대개는 6시 30분에 도착하지만……

한편으로 스트레스를 줄이고, 예기치 않은 일이 발생해도 사소한 문제라면 약속을 깨지 않도록 미리 융통성 있게 생각해 둔다. 그리고 상대에게 늦을 지도 모른다는 뉘앙스를 주면서, 그런 때를 위해 미리 대비하는 지혜의 힘을 저축하자.

이 역시도 한 가지 좋은 방법일 것이다. 그러나 허용될 수 없는 시간을 엄수하지 않으면 안 될 경우는 얼마든지 있다. 그런 때를 대비하여 사소한 예상밖의 일에 대처할 수 있도록 여유있는 시간 계획을 세워두지 않으면 실수를 저지르게 된다.

계산된 시간보다 10분 빨리 출발하였으나 버스가 늦는다든지 교통체증에 걸린다든지[미리 알고 있는 시간대는 거기에 맞춰서 나간다] 예기치 않은 전화가 걸려온다든지, 초행길이기 때문에 시간이 얼마나 걸릴지 모른다는 등등의 사태에 대처하는 것이 하나의 예방책이 될 수 있다.

그러나 도중에 아무 일도 발생하지 않아서 약속시간보다 먼저 목적지에 도착하였으나 상대가 아직 오지 않았다면 어떻게 남은 시간을 이용할 것인가?

그런 경우를 대비하여 무엇인가 준비해 두는 작은 배려는 현명한 생각이다. 그렇다면 어떤 준비가 필요한 것일까?

읽고 싶은 책을 늘 가지고 다닌다

인생은 학교다.
그곳에서는 행복보다 불행 쪽이 더 좋은 교사이다.
_프리체

대기시간의 양을 줄일 수는 있지만, 상대가 늦으면 기다림에서 피할 특별한 방법은 없다.

교통체증에 걸렸을 때를 대비해서 핸드백 속에 항상 가벼운 내용의 책이나 검토해 보아야 할 서류 등을 준비하는 것도 좋은 방법이다.

음악가이면서 도서관 사서인 데이비스는 차 안에서 발음연습을 한다고 했다. 또 정보회사에 근무하는 쟈니터는 통근 러시아워 시간을 이용해서 차 안에서 스마트폰을 이용하여 어학연습을 하고 있다.

사내 근무로 하루 종일 사무실에 있을 때는 고객이 늦게 도착하는 경우를 대비해서 기다리는 시간 중에 처리할 수 있는 일거리를 준비해 둔다. 편지를 쓴다든지, 독서를 한다든지, 고객 중의 한 사람과 업무에 필요한 통화를 한다.

스잔은 현명하게 기다리는 시간을 '여가'로 생각하고, 책이나 잡지를 준비해 둔다고 했다.

공상하지 않으면 아무 일도 일어나지 않는다

인생은 교향악이다.
삶의 순간이 각각 다른 합창을 하고 있다.
_로망롤랑

기다리는 시간을 낭비하지 않기 위해 앞에서 설명한 것처럼 눈에 보이는 활동에 쓰지 않으면 안 된다는 법칙은 없다. 계획이나 그 앞 단계로서 그냥 의자에 조용히 앉아서 다음 업무상황에 대처하는 생각에 잠긴다는 것도 나쁘지 않다.

그런 동안이라면 손을 대는 것조차 기피하거나 미루어 놓았던 잡다한 일이며, 끌어오던 업무에 대해 계획을 세우고 곧바로 착수하는 계기를 마련하게 될지도 모른다. 그러므로 생각한다는 것은 예정된 업무의 결과를 완성시키는 첫걸음이다.

기다리는 짧은 시간을 활용하여 두서없는 나만을 위한 공상을 하는 것도 좋은 휴식이다. 공상이 양심에 가책을 받는 일 따위는 조금도 없다. 그뿐인가. 그와 정반대일 수도 있다. 공상이란 인간에게만 주어진 즐거운 특권이다.

뉴욕에서 욕실 잡화를 전문으로 취급하고 있는 배스 하우스를 경영하는 차일드 씨는 이렇게 말했다.

"공상을 하지 않으면 아무 일도 되지 않는다. 나의 경우 공상은 계획의 중요한 원천이다."

다음 일을 준비하며 기다리는 시간을 적절하게 활용하자.

▎어드바이스(advice)

• '상대에게 기다리는 일은 싫다'고 솔직하게 말해 둔다.

• 예기치 않은 일 때문에 여유 시간을 갖는다.

• 기다리는 시간을 적절히 대비한다.

　이것으로 당신이 감당해야 할 시간의 교통체증도 훨씬 좋아지고 개선
될 것이다.

프로는 누구인가?

　프로가 되기 위한 사람이나 그 분야가 따로 있는 것이 아니다. 특정 분
야에서 오래 종사하였다고 해서 프로가 되는 것은 아니다. 진정한 프로
는 자기 일을 수행함에 애정과 관심을 가지고 꾸준히 노력하여 좁은 영
역에서라도 자신의 세계를 개척해서 전문성을 인정받는 특화된 사람을
말한다.

　비록 다른 것은 모르더라도 한 분야에서는 신뢰하고 믿을 수 있는 신
념을 파는 사람을 일컫는다.

'나중에 한다'는 습관을 '지금 곧 한다'로 바꾸는 방법

그대 마음의 뜰에다 인내를 심어라.
그 뿌리는 쓰지만 열매는 달다.
_오스틴

일을 지연시키는 버릇이 습관화되면 그 끝이 보이지 않는다. 또한 오늘 꼭 해결해야 할 업무까지 모두 뒤로 미루게 된다.

실패를 두려워하는 마음가짐은 진보의 꼬리를 붙잡는 원인이 된다.

이러한 경우라면 자기가 무엇에 불안해 하고 있는가를 분석하고, 재빨리 그 불안의 실체를 해결하는 것이 제일 급선무다.

실패의 원인을 분석해 보면 진행하고 있는 업무기획이 좋지 못하다든지, 그에 필요한 지식이 부족하다든지, 기술이 따라가지 못한다든지 하는 경우가 많으므로 부족한 면을 보충해야 위기를 극복할 수 있다.

충분한 지식과 계획 없이 시간만 낭비하고 있다는 것은 실패를 두려워하기 때문이므로 이를 방지하기 위한 최선의 노력을 기울이지 않으면 안 된다. 이것이 자기 업무능력의 한계라는 사실을 깨달았으면 그 이상의 것은 불가능하므로 그 정도에서 문제를 해결하면 충분하다.

설령 실패했다 하더라도 최선을 다하였다면 위로 받을 수 있다. 실패란 누구에게나 찾아오는 그림자와 같다. 실패하면 정정하고 손질한 뒤에 다시 시작하면 그것에 대한 불안과 고통은 잊게 된다.

실패를 보다 많은 것을 배우는 새로운 계기로 반전시켜야 한다. 그러므로 실패를 두려워하고 아무것도 하지 않는다면 미래의 성공도 보장 받을 수 없다.

▌어드바이스(advice)

- 호기심을 가질 것 – 일에 대한 내용을 알게 되면 흥미가 솟아난다. 호기심을 관찰하는 첫걸음이다.
- 집중할 것 – 입증하지 않고 흥미를 가진다는 것은 있을 수 없다. 집중력을 길러 흥미를 갖도록 하자.
- 자기의 이익을 생각하라 – 자기에게 이익을 가져오면 무의식 중에도 관심을 갖게 된다. 그러므로 일에 흥미를 갖는 것이 큰 이익이 된다는 사실을 알아야 한다.

성공하려면 아무도 가 보지 않은 길로 떠나야 한다.

한없이 외롭고 두려움마저 느껴지는 그 길로 떠나가야 한다. 그곳에 커다란 절망이 기다리고 있을지라도, 아니 죽음마저 피할 수 없는 길이라 할지라도 스스로 선택한 길이기에 떠나야 한다. 왜냐하면 안주하는 삶은 실패보다도 더 두렵기 때문이다.

마법만큼 효과가 있는 '라킨의 질문'으로 결단을 내린다

태양이 비치면
먼지도 빛난다.
_괴테

    사업상이나 직책에 따라 쉽게 결단을 내릴 수 없는 경우, 어떻게 행동으로 옮겨야 좋을 지 망설이게 됨은 그 일의 결과에 따른 책임이 두렵기 때문일 것이다.

    그러나 결단을 내리는 방법을 알고 책임을 완수하는 사람이라면, 지금 자기 자신이 취한 행동이 올바른 방법인가를 한 번 더 심사숙고해 본 후에 실행에 옮겨야 한다.

    그와 같은 결단을 위해서 시간관리론의 어머니 라킨의 다음과 같은 질문을 활용해 보면 좋은 결과를 얻을 수 있다.

격언

- 부부가 진정으로 사랑하고 있을 때에는 칼날만한 침대 위해서 잘 수 있지만, 불화가 있을 때는 아주 넓은 침대도 비좁게 느껴진다.
- 좋은 아내를 얻는 남자야말로 이 세상에서 가장 행복한 사람이다.
- 아내는 남자의 집이다
- 모든 질병 가운데서 가장 괴로운 것은 마음의 병이며, 모든 악 가운데서 가장 나쁜 것은 악처이다.

현재 시간을 어떻게 쓰는 것이 가장 좋은 방법일까?

25세까지 배우고 40세까지 연구하고
60세까지 완성하라.
_오슬러

　우선 순위가 정해졌다면 그 답은 저절로 나온다.

　'로울러 스케이트를 타다가 실수하여 상처를 입은 딸을 치료할 것인가?'
라는 사례에 대해서는 망설임 없이 빠른 결단을 내릴 수 있다.

　'지금 이 시간을 어떻게 사용하는 것이 가장 좋을까?' 하는 라킨의 질문
에, '만약 그것을 하지 않으면 어떻게 될까?'라는 나의 질문을 더하면 결단
은 명백해진다.

수행 가능한 기한을 반드시 정해 둔다

돈이 있으면 이 세상에서 많은 일을 할 수 있다.
그러나 젊음은 돈으로 살 수 없다.
_다이문트

자유 기고가[free writer] 부칼타는 말한다.

"두 세 편의 원고마감을 진행시키고 있는 편집주간인데 우물쭈물하고 있을 시간이 없다. 오로지 쓸 뿐이다."

"……하는 수밖에 없다."

이 말보다 약속 연기를 예방하기 위한 더 좋은 방법은 없다. 그리고 '……하는 수밖에 없다'고 자기를 재촉하는 것이 대단히 유효한 방법이므로 스스로가 기한을 정한다.

결정된 기한을 남에게 약속해 두는 것이 효력이 크다고 생각되면, 그렇게 하는 편이 더 좋은 결과를 가져다 줄 것이다.

어쨌든 기한이 결정되면 정해진 기일에 따라서 계획을 세우지 않을 수 없다.

기한을 정하면 연기의 원인이 되는 아직 시간은 충분하다는 무성의한 문제도 자연스럽게 해소될 것이다. 완성하지 않으면 안 된다는 약속기일이 정해지면 막연한 시간을 상대로 하고 있을 때처럼 불확실하게 업무처리를 할 수 없다.

기한을 정할 때는 실제적이 아니면 안 된다. 완성하지 않으면 안 된다고 하는 막연한 기한이 아니라. 현실적으로 완성시킬 수 있다고 하는 확실한 수치에서 기한을 정하게 된다는 것이다.

'일주일에 체중 4~5킬로그램을 줄인다.'

예를 들어 체중 감량을 위한 계획을 세우고 기한을 정했다고 하더라도 실행에 옮기지 못하면 자기와의 약속을 세울 때마다 낙심하게 된다.

그러므로 낙심은 단념을 낳게 된다. 그리고 성과가 오르지 않으면 기한을 정하는 따위는 두 번 다시 하지 않게 된다.

직장 일에 너무 안절부절할 필요가 없다

당신은 어떤 방법을 취했던 간에 직접 전선으로 뛰어들었다. 성공과 행복, 매력적인 남성을 찾을 수 있는 직장생활이 시작된 것이다. 말하자면 직장 초년병, 햇병아리가 된 것이다.

어떻게 처신하는 것이 당신에게 가장 바람직한 행동이 될 것인가?

처음 직장생활에서 너무 신경과민이 되어 안절부절할 필요가 없다는 것이다. 정말 회사에서 인정 받는 인물이 되어 높은 급료를 받고자 한다면 여자로서의 온갖 기회가 활짝 열려 있는 28세, 30세 정도는 되어야 한다. 그러므로 일에 익숙하지 않다고 해서 너무 서두르거나 조급하게 생각하지 말고 열심히 일하면 점차 경력이 쌓인다.

조금씩이라도 시작해 보면 탄력이 생긴다

인생에서 일을 발견한 사람은 행복하다.
다른 행복을 찾을 필요가 없기 때문이다.
_칼라일

기한을 설정해 놓았다고 하더라도 효과가 없을 때는 내 경우처럼 '조금씩 시작해 본다'라는 가벼운 방법을 활용해 본다. 결과적으로 잘 안 되는 경우가 드물다는 사실을 깨닫고 놀라지 않을 수 없었다.

하기 싫은 일을 한꺼번에 해결하는 것이 아니라 작게 나누어 몇 회에 걸쳐 추진해 보는 것이다. 처음에는 어린아이와 같은 한 걸음이면 충분하다. 그것을 되풀이 하는 동안 일이 순조롭게 진행되고 있다는 감이 느껴지면서 해결의 실마리가 보일 것이다. 거기까지 오면 이제부터는 탄력이 생긴다. 다음에는 양을 늘리고 속도를 가하면 된다.

몇 년 전의 일이지만, 나는 '매일 운동을 해야겠다'는 생각을 가지게 되었다. 그러나 일상적으로 운동이라고 하면 대단한 것처럼 생각되어서 좀처럼 시작할 염두도 못 내었다.

그럴 무렵이었다. 샤워 룸이나 욕실에서 할 수 있는 간단한 체조에 대해서 쓴 책 「샤워의 효과」를 발견한 것이다.

자기 집의 거실이나 좁은 공간, 뜰안 한구석에서 할 수 있는 간단한 체조, 이것이라면 어떻게든 될 듯 싶다는 생각이 들었다. 용기를 내어 거실에서 시작해 보니 나쁘지 않았다.

다음에는 정원으로 장소를 옮겨서 좀 더 강렬한 운동을 시도해 보았다. 그러자 운동시간이며 양도 조금씩 늘고 길어졌다. 그리고 매일 오후 한 시간을 운동한다는 일과로 정착되자, 오히려 하루 중에 가장 중요한 부분으로 발전하기에 이르렀다.

이를 지속적으로 계속하자 육체적인 면은 물론 정신적으로도 운동 전보다 훨씬 상태가 좋아졌음을 확연히 느낄 수 있었다. 운동이 건강에 좋다는 것만이 아니라, 내 스스로 하나의 목표를 달성했다는 만족감이 더 크게 작용했다.

자기 자신을 위해 이 정도의 자신감과 만족감을 얻을 수 있는데, 이런저런 연유로 하기 싫은 업무나 쌓인 일을 다시 시작한다는 것은 얼마나 대단한 자기 혁신인가. 그러므로 하지 않으면 안 될 일을 한꺼번에 해치우는 것이 아니라 작은 부분으로 나누어서 시작하면 틀림없이 성과를 얻고 목표에 도달할 수 있다.

예컨대, 내가 고객에 대한 보고서를 작성하지 않으면 안 될 경우라면, 우선 자료조사에 필요한 전화를 건다든가, 자기가 써 놓은 메모를 정리해 본다든지 하는 작은 일부터 시도해 본다.

전화를 거는 일, 컴퓨터로 프로그램을 짜는 단순행위가 대개는 다음 단계로, 그 다음의 단계로 이끌어가는 힘이다.

그러므로 새로 시작한다는 첫걸음에 겁을 내어서는 안 된다. 그 작은 일부터 참고로 해서 미루고 있는 일을 처리해 나가면 성과를 얻을 수 있다.

- 자기가 무엇을 두려워하고 있는 지를 직시하고 분석한다.
- 기한을 설정하고 남에게도 알린다.
- 결단을 내려야 할 때는 과감히 결단을 내리고 결과에 따라 행동한다.
- 작은 일부터 되풀이해서 점차 어려운 일로 발전시켜 나간다.

또 한 가지 중요한 점이 있다. 지금 곧 시작하기 바란다. 도중에서 포기하거나 연기하지 않는다면, 여러 가지 일을 해결할 수 있는 능력을 갖게 된다.

꿈은 열매를 맺는다

토마스 에디슨은 전등 발명을 꿈꾸었다. 그 꿈을 실현하기까지 얼마나 많은 실패를 거듭하였던가. 그럼에도 불구하고 전등을 발명하기까지 꿈을 버리지 않았다.

휠런은 담배연쇄점을 만들려는 꿈을 가지고 그 꿈을 행동으로 옮겼다. 그것이 지금 미국 최대의 연쇄점이 된 '유나이티드 시거 스토어즈'다.

라이트 형제는 하늘을 날으는 기계를 만들겠다는 꿈을 가졌다. 그것이 지금의 공중여행을 실현시켰다. 라이트 형제의 꿈은 건전한 것이었다. 현실에 입각한 꿈을 꾸는 사람은 결코 단념하지 않는다.

나만을 위한 조용한 시간을 확보하는 비결

"잠깐 어때?"

대단히 까다로운 자료를 찾아 내서 겨우 본격적으로 일을 시작하려는데 예고 없이 친구로부터 들려오는 소리. 거기에는 '잠깐' 이상의 시간을 헛되게 보내는 '사교를 즐기는 인간'이 서 있는 것이다.

이러한 직장으로 찾아오는 내방자 중에는 여러 가지 부류의 사람이 있으나 대부분이 불청객이다. 그러나 진심으로 대화를 나누어야 할 사람도 있을 것이다.

목적이 무엇이건 간에 일에 방해가 될 만한 경우라면 간단히 한마디로 물러가도록 정리해야 한다.

"잠깐 시간 있어?" 하고 접근해 올 때, "지금은 곤란해!" 하고 대답하면 된다.

그렇다고는 하지만, 각각의 목적이나 요구가 있어서 찾아온 사람을 모두 한 묶음으로 물리치는 행동은 오히려 상대에게 나쁜 인상을 줄 수 있고, 이 한마디로 순순히 물러간다고 단언할 수도 없다.

그러나 시간의 귀중함을 깨닫지 못하고 있는 사람에게 하루 생활의 한 부분을 빼앗길 정도로 현실은 한가하지 못하다.

경영인, 그는 창조의 중심이다.

경영인, 그는 고독한 위치에 서 있는 사람이다. 그 자리는 냉엄하고 쓰라린 고통이 따르는 직책을 소유한 사람이다.

24시간, 그가 겪어야 하는 무한의 스트레스와 긴장은 크게 수지 맞는 업무라고 할 수 없다. 그러나 달리 생각해 보면 그 이상 보람있고 즐거운 직무가 어디에 또 있겠는가?

모든 사람이 나를 알게 하되
완전히 알지는 못하게 하라.

"아니오"를 분명히 말할 수 있어야 한다

인생은 한 권의 책과 같다.
왜냐하면 그들은 단 한 번 밖에 그것을 읽지 못함을 알고 있기 때문이다.
_잔 파울

단번에 거절함으로써 상대의 기분을 상하게 하는 것보다, 잠깐 동안 참는 편이 쉽다고 생각할지 모른다. 하지만 그 잠깐이 얼마나 오랜 시간을 끌게 될지 예측할 수 없다.

아무리 5분이나 10분으로 내방자와의 미팅이 끝났다고 해도, 즉시 업무에 집중할 수 있다고 단언하기는 어렵다. 방해자 아닌 방문자가 다녀 갈 시간적 여유가 있다 하더라도, 한 시간, 아니면 하루 내내 업무에 영향을 미치는 경우가 있기 때문이다.

항상 쓸데없이 긴 말을 늘어놓는 사람이라면 "아니오"라고 분명한 말을 해주어야 한다.

한편 업무처리에 지장을 주거나 어려움을 느끼게 하는 것 중에 가장 문제가 되는 점은 많은 사람이 작은 공간에서 함께 일을 하고 있기 때문에 서로 방해를 받거나 방해 당하기 쉬운 상황에 노출되어 있음을 유의해야 한다.

또 다른 방법은 책상을 사무실 입구로 향하지 않도록 배치해 보는 것도 한 가지 좋은 방안이다. 잠깐 이야기를 하고 싶다는 시선이 서로 닿지 않으면 그대로 통과해 버리기 때문이다.

성공한 사람은 시간을 경영한다

영국의 사상가 아놀드 베네트는 아침 경영이 가능하려면 이를 실행하는 사람으로부터 정신적인 충격을 받아야 한다며, 모든 것을 하루 아침에 이루려고 하지 말라는 충고를 한다.

아침을 경영하는 방법에 특별한 것은 없다. 건강한 육체와 정신을 만드는 토대를 아침에 다지는 것, 단 몇 분만이라도 자신만의 시간을 만들어 경영에 필요한 지적 소양과 전문성을 키우면서 사생활의 절도와 건강을 살려 나가는 것이다.

이러한 것이 하루를 경영하는데 큰 자신감이 되고, 아침이 하루 하루 모이면 달라진 자기의 인생을 발견할 수 있을 것이다.

앞을 바라보라.
그렇지 않으면 뒤처져 있는 자신을 발견하게 될 것이다.

행동으로 거절한다

자연은 친절한 안내자이다.
현명하고 공정하며 상냥하다.
_몽테뉴

필요하면, 여기에 한 가지 방법을 더 할 수도 있다.

지금 상대방 때문에 업무를 방해 받고 있다는 힌트를 주어도 효과가 없는 사람이 있다. 그런 사람에게는 의자를 돌려서 등을 보이도록 한 번쯤 시도해 봄도 좋은 방법이다.

"나가 주었으면 좋겠다."고 그 자리에서 정면으로 상대방에게 말할 수 없다는 것이 많은 사람들의 공통된 고민이기도 하다.

불청객에게 등을 돌리는 동작을 취하면 상당히 둔감한 사람이 아닌 이상 거부의 뜻이 전달될 것이다. 거기다가 '무언으로 말하고자 하는 뜻을 전달하는' 몸짓을 되풀이하는 동안에 그 기술이 점차 몸에 배어서 아무리 완고한 자라도 적당히 물리칠 수 있는 요령으로까지 발전되어 표현함으로써 방해 받지 않고 일의 능률을 올릴 수 있다.

또 한 가지 불청객을 격퇴하는 방법이 있다. 어느 누구에게서도 방해를 받기 싫을 때는 문을 잠시 동안 잠그는 일이다. 방안에 방문자용 의자를 사용하지 않는 방법도 있다. 불청객이 찾아와 계속 서 있지 않으면 안 되므로 예상보다 빨리 자리를 뜨게 될 것은 자명한 일이다.

TV 감독 빅키는 바쁠 때 전화벨이 울리면 수화기를 잡기 전에 전화폰을 향해 고함을 지른다고 고백하는 맹렬 여성이지만, '사내에 있는 직원들에게는 그런 난폭한 짓은 안 한다'고 말했다.

"예고도 없이 들어오는 사람에게는 기선을 잡는 것이 제일이죠. 접근하려고 들면 '10분이면 충분하지?', '점심시간에……라는, 애매한 말로 따돌리면 돼죠."

이와 같이 행동으로 거부감을 나타내면 쓸데없이 방을 찾는 사람이 줄어들게 된다는 점이다.

급한 용무도 없는데 언제나 황급히 서둘러 뛰어들어오는 사람이라면 잠시 기다리게 하여 지루함을 느끼도록 하는 것이 제일 적합한 방법이다.

빅키와 같이 거센 표현이나 과잉행동을 상대에게 보임으로써 거절하는 것보다는 대화할 필요가 있는 사람을 지혜롭게 분별하는 방법을 몸에 터득하는 지혜가 더 현명한 처세이다.

제한시간을 미리 알려준다

불행한 사람은 언제나 자기가 불행하다는 것을
자랑삼고 있는 사람이다.
_러셀

전화를 통한 업무관계라면 내방객의 시간대를 정해 두는 것도 하나의
방법이 될 것이다.

긴급한 용무가 아닌 사람에게는 오전 11시부터 12시까지 시간을 비어
놓는다든가, 오후라면 형편이 좋다는 시간을 미리 알려준다. 단 그런 경우
에도 되도록 일정한 시간대를 설정해서 용무를 끝내도록 한다.

얼마동안 기다려도 지장이 없는 사람과 정말 중요한 용건이 있는 사람과
의 구별이 가능하게 되면 단도직입으로 용건에 들어가 시간을 절약한다.

상대가 요구하고 있는 용무가 간단한 답변이라든가, 단지 자료만을 건
네줄 때도 있으므로 서로 본래의 일에 착수하여 빠른 시간에 해결하는 것
이 현명한 방법이다.

무엇보다 중요한 것은 모든 사람의 문제를 즉석에서 해결할 수 없다는
데 있다. 아무리 집중해도 단안을 내릴 수 없는 문제에 대해서는 빅키와
같이 "10분 후에 한 번 더 와 주시겠어요!"라고 하던가, 적당한 기회를 다
시 약속하는 것이 좋은 해결책이다.

그런데도 자주 찾아와서 광범위한 사무적인 이야기 때문에 일의 능률이
오르지 않을 경우라면, 매일 오후 4시 경에 화합 시간을 정해 놓고 다음날

의 예정에 대한 의견교환을 가질 수 있도록 제한해 보는 것도 하나의 방법이다.

예고도 없이 불필요한 세일즈맨이 모습을 나타내면, 두 번 다시 오지 않도록 자신의 입장을 사무적으로 말한 다음 되돌려 보내야 한다. 만나줄 여유 시간이 있다 하더라도 이런 악습은 첫 대면에서 고쳐주는 것이 후일을 위해서 필요하다.

예컨대 '수요일 오후는 방문객의 날'로 정해 놓으면, 다른 5일간은 타인으로부터 방해를 받지 않고 자기의 일에 전념할 수 있다는 보장이 되므로 시간절약의 방편이 될 것이다.

누구에게나 좋은 친구와 동료가 된다.

형식적인 겉치레 인사는 절대 금물이다

자연은 우리를 속이지 않는다.
우리 자신을 속이는 것은 언제나 우리들이다.
_**룻소**

　가정에서의 불청객은 어떻게 대처할 것인가?

　직장 여성이라면 하루 종일 집안에 있지 않으므로 돌연한 방문을 받는
기회는 적다.

　무엇보다도 "언제든지 들려줘요."라는 형식적인 인사는 절대로 해서는
안 된다. 다수의 사람들은 이와 같은 말을 본심으로 하지 않는다.

　가령 방문할 뜻이 있다던가 놀러간다고 해도 먼저 전화를 걸어서 의사를
타진해 본다.

　그러나 이미 겉치레 인사말을 했기 때문에 예고없이 방문하는 친구가
있을 경우 취소하려고 해 보았자 소용이 없다.

　정식 초청은 아니지만 자기가 사전 승낙한 적이 있기 때문이다. 본심으
로 초청하고 싶다면 날짜와 시간을 정해 미리 알려주는 것이 바람직한 약
속이며, 그런 경우라면 예정표에 메모해 두는 습관을 가진다.

♥ 경우에 따라서는 집에 있으면서도 거절하는 것도 필요하다

자기를 알기 위해서는
먼저 남을 알아야 한다.
_뵈르네

예고도 없이 찾아온 사람이라면 초인종 소리에 응답하지 않는 것도 하나의 방법이다.

당신이 집에 있다는 것을 알고 찾아온 상대라고 하더라도 초청한 사람이 아니기 때문에 거짓을 가장했다고 해도 그다지 죄책감을 느낄 필요는 없다.

가정은 복잡한 세상으로부터 격리된 생활을 누릴 수 있는 가족만의 유일한 안식처다. 그러므로 자기만의 여가와 활용시간을 빼앗기지 않기 위해서라면 불청객을 불러들이지 않아도 된다.

그러나 찾아온 손님이 좀처럼 돌아가려고 하지 않을 때는 어떻게 하는 것이 바람직한 방법인가? 이런 문제는 쉽게 해결할 수 없는 난처한 경우다.

하지만 용기를 내서 이렇게 말해보면 어떨까.

"미안하지만, 어제 일로 해서 좀 쉬어야겠어요."

"이제부터 좀 바쁘게 해야 할 일이 있어서……"

시간을 낭비하게 하는 불청객에 대한 대응법을 다음과 같이 열거해본다.

- 우선적으로 늘 만나는 사람, 꼭 만날 필요가 있는 사람, 쓸데 없는 말을 장황하게 늘어놓는 사람 등을 구별한다.
- "잠깐 시간 좀……"하고 말을 걸어오면, "지금은 곤란하다." "다음 기회에……"하고 적당히 거절한다.
- 시간 낭비에 대응한다. 몸동작을 써서 불필요한 시간 낭비에 대응한다.
- 타인의 문제를 모두 떠맡지 않도록 한다.
- 방문객에 필요한 시간을 미리 통보해 놓는다.
- 본심은 아닌데도 "아무 때나 오라."는 말을 하고 싶어도 억제할 것.
- 초인종 소리에 대답하지 않는 것에 죄책감을 갖지 않도록 한다.
  철저하게 대비하였다고 하지만, 예고 없이 찾아오는 불청객을 위해 여유 있는 계획을 세워두는 요령도 잊지 않는 적극적인 태도를 취한다.

꼭 하고 싶은 일을 찾으려면 어떤 방법이 좋을까

노력이 적으면 얻는 것도 적다.
인간의 재산은 그의 노고에 달렸다.
_헤리크

시간관리에 관한 세미나와 이 책의 집필 자료조사로 많은 여성들과 만났을 때, 그녀들에게 인생의 목표에 대한 글을 써 달라고 부탁하면, 금방 얼굴 표정마저 굳어버려 결국은 한 줄도 받지 못했다.

그래서 이렇게 말해 보았다.

"생각해 보세요. 무슨 꿈을 가지고 있는가, 자기의 인생에서 무엇을 가장 요구하고 싶은가. 다소라도 기분이 움직여지는 일이 있으면, 그것을 써 주세요."

"꿈이라면?"

하고, 그녀들은 거침없이 쓰기 시작했다.

일단 쓰기 시작하면 그칠 줄을 몰랐다. 멋진 인생 파트너와의 만남, 결혼, 가족들과의 온화한 관계, 일, 권력, 성공, 무엇인가를 성취한 만족감, 많은 사람들과의 즐거운 교제, 건강, 개성적인 생활 방식…… 등등.

다음은 자기의 인생에서 무엇을 중요시하고 싶은가를 생각하게 하고, 거기에 맞는 목표를 세워보라고 권했다. 즉 다른 방향에서 공격을 해본 셈이다.

필자인 나 자신은 물론 다른 여성들도 자기의 인생을 소중히 하고 싶다는 소망에 일년 목표는 고사하고 하루 생활의 계획을 세우는 것조차도 수월하지 않은 모양이다.

그렇다면 무엇이 가장 소중한 것일까? 직장일까. 애인, 아니면, 남편, 아이들, 돈, 건강일까!

자기 자신의 인생에서 무엇을 소중히 하고 싶은가를 뚜렷이 알고 있다면 삶의 목표는 쉽게 결정할 수 있는 문제가 될 것이다.

성공으로 가는 길

당신을 성공으로 이끄는 것은 바로 당신 마음 속에 잠재해 있는 힘이다. 당신이 지금은 돈이 없고 초라한 모습의 사람일지라도 불같은 욕망을 간직하고 있는 한 기회는 반드시 올 것이다. 대다수의 사람들은 성공이 자신의 손아귀에 쥐어지기 바로 직전에 포기해 버린다.

이는 목적이 크든 작든 성공에 대한 시금석이다. 자기 일의 중요성에 대해서 생각하는 습관을 길러라. 그러면 불가능하게 보이는 일도 성취할 수 있을 것이다.

어떤 방법으로 자기 인생의 소중함을 선정할 것인가?

고통의 감각을 괴로워 마라.
고통과 고뇌는 우리 인생의 참된 모습이다.
_톨스토이

여기서 실습을 해 보도록 하자.

우선 자기의 인생에서 소중하다고 생각되는 것을 빠짐없이 써 보기로 한다.

그 중에서 가장 중요한 것은 무엇일까. 거기에 A표를 한다. 다음은 두 번째, 세 번째…… 차례로 순서를 정해 본다.

순서를 정해 내려갈 때 갈등이 생기면 맞다고 생각되는 데까지 순차적으로 바꿔 놓는다.

어쩌면 이렇게 될지도 모른다.

(A) 일, (B) 경제적 안정, (C) 친구, (D) 가정…… 등등.

첫 번째는 가정을 이루는 일보다 사업으로 자기를 확립하는데 집중하고 싶다는 독신 여성의 경우에 해당되는 순번이고, 그 다음은 아이를 키우고 있기 때문에 당장은 아이를 우선으로 생각하고 있는 워킹맘(working mother : 직장을 가진 아기 엄마)가 있음직한 순번이다.

여하튼 중요한 과제는 왜 이와 같은 순번이 자신에게 주어진 것인가는 스스로 잘 알고 있는 항목임으로 일생동안 이 순서를 지켜 나갈 필요는 없다.

'자기의 인생에서 소중히 하고 싶은 것'이라고 하는 소망은 세월과 함께 변천한다. 인생을 살아가면서 생활에 변화가 오면 거기에 따라서 목표나 희망도 바뀌게 마련이다.

어느 외국 의사의 비서직을 맡고 있는 수잔의 경우 우선 순위가 1년 사이에 몇 번이나 바뀌었다.

"1년 전에 이혼을 했기 때문에 지난해에는 여러 가지 장기적인 계획을 세우지 않을 수 없었다. 당장의 목표는 경제적으로 안정된 생활이었다. 자활이 가능한가, 어떤가가 걱정이었다. 그 다음에 염려되는 일은 딸아이가 최저의 생계비로 부자유를 느끼지 않을까 하는 항목이 최우선이었다. 지금은 순위가 바뀌어져서 나 자신이 대학으로 복귀해서 공부하는 것을 목표로 하고 있다."

수잔과 같이 필요에 따라서 우선 순위가 바뀌는 경우도 있을 것이다. 그녀에게 경제적 자립이 가장 중요했던 것은 당연하다.

인생에서 소중한 것을 얻기 위해 목표를 정한다

인생에 있어서 성공의 비결은
성공하지 못한 사람들만이 안다.
_콜린즈

다음은 '인생에서 소중한 것'을 목표로 정할 차례이다. 목표는 자기가 스스로 세운 소중한 것을 구체적인 순번으로 나타낸 의지의 소산이다.

한 번에 둘 이상의 소중한 것을 정하고 요구했다 하여 나쁠 것은 없지만, 무엇을 우선적으로 실천에 옮겨야 할 상황인가를 명확히 파악해 두는 일은 매우 중요하다.

두 번째로 소중한 것, 첫 번째 목표를 실행에 옮긴 후에 그 다음의 순서로 정한 항목이 목표가 되도록 하지 않으면 혼란이 생긴다. 다행스럽게도 또 다른 목표로 발전되는 경우도 있다.

내 경우도 뉴욕 여성기업자협회 회원으로 봉사 프로젝트를 통하여 '지역사회에 봉사한다.'고 하는 하나의 목표를 달성시켜 주었을 뿐만 아니라, 비즈니스에도 도움을 주는 '많은 사람들과의 교제 기회를 제공해 주는 일'까지 수행할 수 있었다.

우선 흰 메모지에 당신의 인생에서 가장 소중하다고 생각되는 것을 차례대로 쓰고, 그것을 손에 넣기 위한 목표를 세워본다. 그 중에서도 가장 중요한 목표를 우선으로 정한다. 목표를 세웠다고 해서 곧바로 실행으로 옮기는 것이 아니기 때문에 어떤 목표에 도달하려면, 구체적인 행동계획을 세우지 않으면 안 된다.

목표가 설정되었으면, '그 목표를 달성시키려면 어떻게 해야 할 것인가'를 자문해 본다. 그리고 자기가 할 수 있는 항목을 차례로 적어본다.

그때 '……은 어째서일까?'하고 생각해 보면 뜻밖에 여러 가지 사항이 구체적으로 떠오르게 된다.

'TV를 보는 시간이 많아서 충분히 대화를 할 수 없었다.' '전화가 방해를 준다.' 등등 많은 문제점이 드러나게 된다.

왜 목표에 달성하지 못 하는가 문제점을 알게 되면, 'TV 보는 시간을 제한한다.', '일정 시간 동안 수화기를 내려놓는다.'는 등등 개선책을 마련할 수 있다.

형편에 맞는 경제생활을 한다.

❤️ 기한을 정한 예정표를 만든다

내일을 위한 최선의 준비는
오늘의 일을 가장 훌륭하게 하는 것이다.
_오슬러

다음은 목표를 실제 행동으로 옮기는 계획을 세우는 일이다. 아무리 의지가 굳고 능력이 있다고 하더라도 그것만으로는 성공할 수 없다. 행동이라고 하는 단단한 돌을 깔아놓지 않으면 목표 달성이라는 기본적인 토대를 만들 수 없다.

무엇보다도 목표를 위한 예정을 짜는 것은 중요한 일이다. 우선 최초의 행동에 대하여 언제 어떻게 행동을 개시할 것인가, 그 공격 날짜를 적어 놓는다. 목표를 완성시키는 기한을 정하면 개요가 보인다.

'내일은 내일의 바람이 분다'는 따위의 한숨을 쉴 틈이 있으면, 자신의 기한을 설정한 예정표를 만들 일이다(『바람과 함께 사라지다』에서 남자 주인공 클라크 케이블이 떠나 버린다고 하면, 여자 주인공이 나 자신이었다면 내일의 바람이 불 때까지 기다리지 않을 것이다).

망설임으로 짓눌림을 당한다든지, 불안과 초조감에 휩싸여 전전긍긍하는 나태함에서 벗어나 달성하고자 하는 목표를 향해 현실적인 자기의 모습을 확고하게 간직한 다음 실행하기 쉬운 것부터 한 가지씩 실제 행동으로 옮겨본다.

성공이란 꿈을 만드는 사람의 꽃이다

리더십은 상황에 따라 매우 다양하게 정의되고 있다. 그러나 그 내용을 종합해 보면 '리더십이란 일정한 상황에서 공동의 목표를 달성하기 위하여 개인이나 집단 행위에 영향력을 행사하는 과정'으로 요약할 수 있다.

즉 리더십의 요체는 영향력 행사의 과정이며 그 궁극적 목적은 기업의 목표다. 따라서 훌륭한 기업인은 구성원들에게 영향력을 행사하여 기업의 공동 목표를 달성하도록 직원들의 마음 속에 꿈을 담아주는 사람이라고 할 수 있다.

시간을 낭비하지 마라.
늘 뭔가 유익한 일을 하라.
불필요한 일을 모두 중단하라.

가장 소중히 여기고 있는 것을 행동의 기준으로 삼는다

언어는 대지의 딸이다.
그러나 행위는 하늘의 아들이다.
_H. 존스

무엇을 목표의 첫 번째로 할 것인가를 확고부동하게 결정했으면, 그 다음으로는 몇 가지의 '소중한 것'과 병행해서 동시에 실행해 옮기는 과정도 현명한 한 가지의 방법이다.

내가 '무엇을 소중히 여기고 있는 것인가'하는 자기 목표 설정에 혼란을 겪는 사람이라 할지라도 적극적인 자세로 넓은 시야를 가질 수 있다면, 다음으로 '중요시하고 싶은 것'을 하루 생활에 짜 넣어서, 이제까지 대립시켰던 것과 병행해 나갈 수 있는 또 다른 면을 발견하게 된다.

인력송출회사 사장인 쥬리 여사 역시 몇 가지의 일을 동시에 처리하는 방법으로 남편과 아이들, 회사업무를 자신의 역량에 맞추어 수행하고 있다.

도저히 대처해 나갈 수 없다고 생각되는 일이 있으면 남편과 함께 의논하여 과감히 목표를 바꾼다. 때로는 목표가 다른 방향으로 벗어났다고 느껴지는 경우, 당황하지 말고 무엇을 가장 우선적으로 처리할 것인가를 검토한 다음 정리 대상을 신중히 의논한다.

현재의 첫 번째 목표는 두 아이들과 함께 집안에서 지내는 시간을 충분히 가지는 일이다. 원만한 인간으로 육성시키기 위함이다.

물론 비즈니스도 중요하다. 남편은 다른 회사에 근무하고 있지만, 본인은 경영자이기 때문에 가족 다음에 중요한 것이 비즈니스다. 한편으로는 집안 분위기를 바꿔야겠다는 목표도 있다.

사업상 하지 않으면 안 될 일과 가정주부로서 마땅히 해야 될 일을 우선 항목으로 정해 놓고 그밖의 일은 적당한 시간을 배려해 다음 기회에 처리해도 좋을 항목으로 구분해 놓는다. 이렇듯 목표를 명확히 함으로써 가족들과 함께 보내는 시간이 늘었다.

목표나 우선 순위는 4개월이나 반년에 한 번쯤 정기적으로 개편하고 어느 기간이 경과하면, 다시 수정하는 것도 바람직하다는 결론을 얻었다.

그러므로 4개월이나 반년쯤이 목표에 대한 구체적인 행동을 개편하는 데 적당한 시기다. 목표 달성을 위해서는 적어도 1년에 한 번쯤은 수정 보완해야 한다.

실제로 이 정도로 수정하고 보완하면, 항상 신선한 느낌을 가지고 새로운 일에 도전할 수 있는 힘을 얻게 된다. 이렇듯 적당한 시기에 개편하면 목표 달성을 이루는데 시간을 배려하여 자기 변화에 맞추어 나갈 수가 있고, 하루의 계획이나 우선 순위 결정을 바른 방향으로 이끌어가는 계기가 된다.

이렇듯 연습으로 작성한 인생 설계도가 정연하게 눈앞에 펼쳐지면, 불현듯 삶의 목표에 도전해 보고 싶은 강렬한 충동을 느끼게 될 것이다. 그러나 막연한 충동은 자제할 줄 아는 인내가 필요하다. 왜냐하면 시간관리의 목적에서 벗어나기 때문이다.

시간관리는 여하히 자기의 시간을 슬기롭게 쓸 것인가에 목적이 있으며, 무분별하게 남용해서는 안 된다는 법칙이 있다. 처음에는 서서히 시작해야 성과를 기대할 수 있다.

자기 자신에 대해서 정직하게 목표를 세웠다면 신중한 계획으로 무리 없는 기한을 설정하여 인내를 갖고 노력하면 예상보다 잘 진행되어 스스로도 깜짝 놀랄 사건으로 매료될 것이다.

자기의 인생에서 소중히 하고 싶은 계획표를 참고로 기록해 보는 것도 좋은 방법이다.

행동하는 사람은 결코 포기하지 않는다.

행동하는 사람은 항상 새로운 것을 시도하고, 새로운 결과를 위해 도전을 주저하지 않으며, 열정과 정력이 넘친다. 그들은 아낌없이 새로운 아이디어를 행동으로 옮긴다.

반면에 기회주의자들은 새로운 아이디어에 관심을 갖고 있지만, 누군가 아이디어를 활용해 보기 위해 힘든 작업을 하는 동안 지켜보고 있다가 위험요소가 제거된 뒤에 비로소 움직이기 시작한다. 한편 매사에 무관심한 사람들은 새로운 아이디어에 대한 관심조차 없다. 그저 맹목적으로 움직일 뿐이다.

성공하려면 행동하는 사람이 되어야 한다. 그러기 위해서는 행동과 모험을 두려워해서는 안 된다.

가장 소중히 하고 싶은 사항	두 번째로 소중히 하고 싶은 사항
목표 : 건강유지 구체적 : 10월까지 2~3kg 체중을 줄인다. 행동 : 　1. 내일부터 다이어트를 시작 　2. 에어로빅 등 몸을 움직이는 강좌나 그룹에 참가한다. 　3. 엘리베이터는 타지 않고 걸어서 계단을 오르내린다. 　4. 도시락을 지참한다. 높은 칼로리의 음식은 되도록 피한다.	목표 : 일 구체적 : 매상을 35% 신장시킨다. 행동 : 　1. 효율적인 향상을 위하여 영업사원들과 함께 일을 한다. 　2. 과거의 고객 명부를 조사하여 재주문이 없는 이유를 파악한다. 　3. 바겐세일을 시작한다. 　4. 경쟁 상대의 업무 내용을 조사한다.
세 번째로 소중히 하고 싶은 사항	네 번째로 소중히 하고 싶은 사항
목표 : 가족과의 심적 접촉 구체적 : 아이들과 지내는 시간을 늘린다. 행동 : 　1. 목요일 밤은 가족 우선의 밤으로 한다. 　2. 아이들과 1대1로 한다. 　3. TV 시청을 줄인다. 　4. 5월 1일에 온 가족이 피크닉을 간다.	목표 : 재산을 증식시킨다. 구체적 : 12월 15일까지 예금을 8백만원 달성 행동 : 　1. 매월 70만원씩 예금한다. 　2. 가계의 지출을 좀 더 줄인다. 　3. 광열비를 절약하기 위해 시장 조사를 실시한다.

중요사항 : 건강유지

목표 : 10일까지 2~3kg 체중 감량	개시일	기한
1. 내일부터 다이어트를 시작한다.	3/31	10/1까지
2. A. 에어로빅 교실에 참가한다. 　　B. 수영장에 간다.	4/7	9/30까지 주/회
3. 엘리베이터는 타지 않고 걸어서 계단을 사용한다. 　　(되도록 차를 타지 않고 걷는다.)	4/7	
4. 도시락을 지참한다.	3/31	

나의 인생에서 소중히 하고 싶은 것

우선 순위

1. 일   2

2. 자립   8

3. 건강 유지   1

4. 가족과의 화목   3

5. 재산을 증식시킨다   4

6. 노력해서 성취하는 기쁨   6

7. 새로운 친구와의 교류   5

8. 정신적인 거점을 찾아낸다   7

9. 오락   10

10. 성공   9

* 기타

구체적인 삶의 계획을 세운다

만족은 가난한 자를 풍부하게 하고
풍부한 자를 가난하게 한다.
_프랭클린

앞에서 말한 바와 같이 시간관리에서 가장 중요한 부분은 계획을 세우는 일이다. 즉 계획에 실패했다는 것은 실패를 위한 계획이었음을 뜻한다.

자기의 인생 목표를 하루의 사소한 일과 내용까지 정확한 실제적인 계획이 수립되면 시간은 만들어진다.

이렇게 말하면 이에 반대를 주장하는 사람도 있을 것이다.

'계획을 세울 시간이 없는 경우라면 어떻게 할 것인가?'

'계획은 세울 수 있지만, 그것을 실행에 옮기는 일은 불가능하다.'

'계획을 세우면 거기에 묶인 나머지 자유마저 구속된다.'

계획을 세울 시간이 없는 경우라면 좀 더 자세히 소개해 보기로 한다. '행동기록'을 정리해 보면 계획을 세우는데 필요한 시간은 자연스럽게 만들어진다는 새로운 사실을 깨닫게 될 것이다.

처음부터 계획에 필요한 시간을 발견하는 습관을 갖게 됨은 어려울지 모르지만, 몇 분 동안이라도 느낄 수 있다면 시간과 노력이 절약되며 두통까지도 잊게 되는 효과를 얻는다.

자기 자신이 바라는 인생을 산다

• 자기 자신을 가장 먼저 생각한다.

• 자신의 장점만 의식한다.

• 하고 싶지 않은 일은 하지 않는다.

• 싫은 소리를 하는 사람과는 상대하지 않는다.

• 자신의 일을 즐긴다.

• 성공을 이루기 위해 구체적으로 행동한다.

• 자기 자신의 가치를 믿는다.

• 스스로 생각하고 스스로 결정한다.

• 자신의 인생에서 일어나는 모든 일에 책임을 진다.

• 자기 자신은 반드시 행복해진다고 믿는다.

나의 삶을 즐긴다.

♥ 계획을 실천하지 못하는 이유는 어째서일까?

우리의 목적이 먼 곳에 있으면 있을수록
노력의 결과를 보고 싶다는 생각이 적으면 적을수록
성공의 정도는 높고 넓어진다.
_존 러스킨

'수립한 계획을 실천에 옮길 수 없는 것은 어째서일까?'

그것은 비현실적인 계획을 세웠기 때문이다.

스타안은 말한다.

"보통 반년이나 1년쯤 걸리는 일을 한 달 내에 할 수 있다고 생각하고 계획을 세웠다. 그러나 여러 부분에 무리가 생겨 차질을 가져왔다. 이제서야 실제로 시간이 어떤 것인가를 깨닫게 되었다. 하나의 일을 완성하는데, 어느 정도의 시간이 걸리는가 하는 실체를……"

어느 신문사의 교열기자인 심프슨은 한숨을 내쉬며 말했다.

"나는 자신이 하고 싶은 일에 대해서 여유 있게 계획을 세우는 능력이 없는지도 모른다. 왜냐하면 계획을 세워도 실행하지 못하기 때문이다."

심프슨은 자기 자신의 가장 큰 결점은 많은 일을 하려고 과욕을 부린 나머지 오히려 그르치는 습관을 지적하고 있었다.

"그 뿐만이 아니다. 무엇을 우선적으로 할 것인가를 결정하는 일도, 거기에 따라 행동하는 것조차 두려워진다. 종이 위에 훌륭한 계획이 수립되었다고 생각하면서도, 돌연 아이가 계단에서 넘어진다는 쓸데없는 착각에 빠져……"

실행 못하는 목표를 세우는 데는 여러 가지 이유가 있을 것이다. 실제로 가능하다는 희망과 할 수 있다는 기대감이 무너졌을 때 목표는 멀어진다. 하루의 목표를 실행에 옮기려는데 돌연 아이가 계단에서 넘어졌다고 하는 뜻밖의 사고에 대한 가능성을 염두에 두지 않는 경우도 있을 것이다.

계획이 생활 속에서 쉽게 실행되려면 시간을 활용하는 여유를 가져야 한다. 계획을 세운다는 것은 자유를 빼앗는 구속이 아니라 사물이 자연스럽게 운행되고 자신이 하고 싶은 일을 즐겁게 할 수 있는 만큼의 계획을 세우면 결과적으로 원활하게 목표를 실천할 수 있다.

싫은 일을 억지로 할당해서는 효과를 기대할 수 없다. 그 계획은 자유인을 만든다는데 목적으로 삼아야 향상된 성과가 보장된다.

다음에 보다 더 상세하게 기술하려고 생각하지만 시간관리에서 가장 중요한 열쇠가 계획이라면, 계획의 열쇠는 유연성이다.

인생의 목표를 위한 총체적인 계획이든, 하루를 위한 일상적인 계획이든 간에, 예정에 없는 변경과 돌발적인 사건이 일어나도 지장이 없도록 확실하게 세워두지 않으면 안 된다. 무엇보다도 목표실행에 유연성[작은 융통성]을 갖도록 할 일이다.

♥️ 여성은 계획을 세우는데 소극적이다

생각하는 것이 인생의 소금이라면
희망과 꿈은 인생의 사랑이다. 꿈이 없다면 인생은 쓰다
_캐넌 리튼

어쩌면 신경과민적이라고 생각할지 모르지만, 아침 잠자리에서 눈을
뜨자마자 놀라며, "저런! 아직 처리하지 못한 일거리가 남아 있었구나."하
고 허둥대거나 아우성치는 행동은 절대 금물이다. 될 수 있으면 조용한 마
음가짐으로 아침을 맞이하고 시작해야 한다.

"자, 오늘은 무엇부터 시작할까. 어제 일은 다 끝냈으니 정말 상쾌한 아
침이야."

삶을 통해 평온한 시간을 가지려면 자신만의 인생 설계를 그리면서, 그
것을 실행하는 방법을 생각하는 것보다 더 좋은 하루의 시작은 없다.

나는 어떤 인생을 살고 싶은가. 무엇에 인생의 가치를 둘 것인가 하는데
깊은 관심을 기울여 볼 일이다.

다음에 그것을 실현시키기 위해서는 일상적으로 어떤 행동과 노력을 기
울이면 좋은가를 심사숙고해 본다. 그러면 자신의 미래가 열릴 것이다.

자신의 목표를 성취시켜 성공을 한 손에 넣으려면 확고한 계획을 세워
야 한다. ― 그러나 지루한 듯 하지만 여유를 가지고 계획을 세우는 방법
이외에 더 이상 좋은 지혜는 없다.

나 역시도 인생에 대해 계획을 세울 때는 나이를 먹어감에 따라 목적도

바뀌리라는 것을 염두에 둔다. 그것은 내 자신의 노력과 더불어 성장할 것이며 발전해 나갈 것이다.

그러나 변경될 것이라고 해서 목표가 없어진 것은 아니다. 물론 목표를 정했고, 그것을 향하여 적극적으로 노력한 삶이 우리의 인생이다.

여성은 계획을 세우는 특별한 재능을 가지고 있다. 그런데 서툴다는 말은 익살스러운 표현이 아닐 수 없다.

계획에 관해서 여성만큼 경험이 풍부한 상대는 없을 것이다. 왜냐하면 다수의 여성은 가족을 위한 식사준비, 자녀에 대한 교육, 주말의 외출…… 등등 일상을 통한 계획을 평생 동안 세우며 살아가기 때문이다.

계획을 수행하는 지혜는 사물을 조직하는 능력과 같다.

정치인들의 선거사무소에는 항상 그의 그늘에서 후보자의 활동을 계획하는 여성들이 있다.

직장에서 업무를 물 흐르듯이 원활하게 추진시키면서 상사가 부재중일 때나 과다한 업무에 쫓기고 있을 때, 그 뒤를 받쳐주고 중간관리자로 실천하여 온 것이 바로 여성의 역할이었다.

특히 봉사에 관계되는 조직—사회봉사나 여성 단체 활동의 주된 무대를 기획해 온 것도 여성이다.

우리 여성은 가정생활, 각종 모임과 파티, 전문직 종사원, 사회봉사자에 이르기까지 다양한 직업인으로서 계획을 세우고, 자녀와 남편에게 필요한 것, 가정 경영의 사소한 예산을 짜고 그에 맞추어 가계를 꾸려 왔다.

이처럼 광범위하게, 한편으로는 상세하게 계획을 세우고 실행해 왔는데, 왜 여성들은 자신의 인생계획을 그토록 망설이는 것일까. 그 이유는 이제까지 살펴본 바와 같이 보조적인 역할만 해왔기 때문이다.

우리 여성은 인생의 동반자로서 확실한 계획을 세우고 자신의 삶에 꿈을 심어야 한다. 그러나 대개는 남을 위한 계획, 남편과 자녀들의 그늘에 가려 보상 없는 가사노동에 전력투구하는 일상을 미덕으로 삼았을 뿐이다. 한 가정의 기본이 되는 계획을 세우지만, 최종적인 책임자가 되지 못했던 것이다.

예컨대 용의주도하게 스케줄에 따라 행동하여 결과적으로 선거에 승리를 얻는 사람은 계획을 세운 여성이 아니라, 후보자라는 사실이다. 이와 같이 비서가 사소한 일까지 책임을 다해 수행하지만 최종평가를 받는 주인공은 상사, 예를 들면 사람들의 눈에 띄는 대상은 비서가 아니라 상사의 승용차와 같다는 것이다.

이는 여성들이 수립한 기획 능력을 직장에서는 물론 가정에서도 인정받는 방법이 서툴렀기 때문이다. 적당한 시기에 다시 직장에 복귀하려는 대다수의 주부들이 재취업 훈련을 받으려고 하는 사실도 그와 같은 자기 비하에 원인이 있음을 알 수 있다.

누군가에 의해 보증을 받지 못하는 부당함을 당연지사로 받아들이며, 늘 과소평가를 받아온 탓으로 자신감조차 잃어버린 체, 결코 돈을 벌 수 없다는 자기 부정에 더 큰 약점이 있다.

가정교육이나 사회통념으로 여성은 매사에 책임을 피하도록 교육되어 왔으며, '책임을 진다'는 결단에 익숙하지 못하다.

무엇보다도 여성은 책임을 진다는 사실을 두려워한다. 그리고 결단력 있는 남성에 대해서는 상대적으로 항상 외경심을 갖고 자기 비하에 빠진다. 여성은 자기가 계획을 세우고 능력 있는 남성에게 최종적인 책임을 지워주면 안심하는 습성이 자리잡고 있다는데 더 큰 문제가 있다.

확고한 인생 목표를 세운 여성이라면 반드시 성공할 수 있다.

그러므로 우선은 목표를 정해주기 바란다. 그리고 실현할 방법을 생각해 본다.

▌어드바이스(advice)

• 목표를 정한다.

• 그 목표를 달성하기 위한 행동을 생각한다.

• 행동의 우선 순위를 정한다.

• 일정, 시간의 할당, 기한을 정한다.

다시 첫 번째 문제로 돌아가 보자. 어떻게 하면 자기 자신을 위한 계획을 세울 수 있는가 하는 문제에 대해 적극적으로 매달려 본다.

우선 자기의 시간이 현재 어떻게 사용되고 있는가를 정확히 알지 않으면 안 된다. 앞에서 소개한 '행동기록'을 사용하면, 그 내용을 알 수 있다.

그것을 파악했다면 시간을 무엇에 쓸 것인가를 스스로 생각하지 않으면 안 된다. 그 중의 일부를 계획을 세우는 시간으로 사용하면 목표가 뚜렷해진다.

'행동기록'을 쓰면 시간의 낭비를 알 수 있다

자만심은 인간이 자기 자신을
너무 높게 생각하는 데에서 생기는 쾌락이다.
_스피노자

행동기록(타임로그)이라고 하면, 누구든지 계획을 세우는 작업 중에서 가장 지루한 부분이라고 멀리 한다.

그러나 시간관리를 하는데 있어서 가장 중요한 부분임을 명심해야 한다. 행동기록은 한 번, 길어야 한 주간 쓰는 것으로 끝난다. 그것만으로 일생 동안 시간관리를 할 수 있다는 것을 염두에 두고 실행에 옮기면 싫지 않은 매력적인 생활기록이 될 것이다.

다소의 인내를 필요로 하는 기록이라고 하지만, 부담 없이 하루하루의 생활을 기록해 보면 가정의 역사와 한 인간의 삶의 이정표가 될 것이다. 되도록 15분마다 기록하는 습관을 가져야 한다.

한 번 쓰기를 시작하면 생활의 강력한 무기로서 오랜 삶의 지침이 될 수 있다.

행동기록을 통해 자신의 낭비된 시간을 보충할 수 있다

여자란 아무리 연구를 계속해도
항상 새로운 존재이다.
_**톨스토이**

이 행동기록의 의의는 자기 자신이 무엇 때문에 헛된 시간을 보내고 있는가를 명확하게 파악할 수 있다. 그 사실을 깨달았다면, 다음에는 시간 낭비를 위한 추방이나 개혁적인 일대 캠페인을 벌이면 어떨까.

이제까지 헛되게 쓰여지고 있던 시간의 불분명함이 명확해져서 자유로운 시간을 가질 수 있는 여유가 여기저기에서 보이게 된다.

'내 자신이 무엇에 헛된 시간을 쓰고 있는가를 잘 알고 있다.'

이렇듯 막연하게 생각하고 있는 사람도 있겠지만, 행동기록을 실제로 써 보면 깜짝 놀랄 것이다.

나 역시도 예외는 아니었다.

앞에서도 기술했지만, 나는 맡은 일을 빨리 처리하지 않으면 못 견디는 급한 성격의 소유자였다.

"내가 남보다 일을 빨리 처리할 수 있는 능력자라면, 어째서 하루 18시간 노동을 1주일 내내 계속하지 않으면 안 되는 것일까?"

이렇게 나는 반문해 보기 시작했다.

도대체 무엇 때문에 바쁜 일과에 쫓기고 있는 것일까.

인생을 즐기면서 그에 알맞은 '적당한 수입을 얻고 창조적인 여가를 즐길 수 있다면 얼마나 행복할까. 나는 그와 같은 미래를 가지기 위해 일을 시작한 것이 아니었던가. 하지만 현재의 내 인생은 일에 매달리고 중독되기 위해서 삶을 낭비하고 있는 것은 아닌가.

이런 자포자기적인 생각에 빠져 있었다.

내가 스스로 도움을 구하기 시작한 것은 그로부터 2년 정도 경과해서였다. 나는 천천히 허리를 펴고 내 자신을 책망해 보았다.

"다이애너, 도대체 어떻게 된 거야. 언제나 빠르게 업무를 해결할 수 있는 간단한 방법을 찾아 낼 자신을 가지고 있었는데, 지금에 와서 자신감이 없다니 이상한 일인데?"

그때 비로소 눈을 뜬 것이 바로 시간관리라는 명제였다.

무엇보다도 나는 일을 빠르게 처리하는 것만이 중요한 목적이 아니라는 사실을 깨닫게 되었다.

♥ 행동기록을 일주일 동안 써 본다

자기의 운명을 짊어질 수 있는
용기를 가진 자만이 영웅이다.
_헤세

나의 결정적인 문제점은 모든 것을 시종일관 빨리 실행하려고 한데 그 원인이 있었다. 그러나 그것은 불가능한 일이었다. 적어도 주요 목표를 완벽하게 달성하려면 '초지일관 빨리 할 수 없다'는 사실을 터득한 다음부터였다.

이런 사실을 올바르게 가르쳐준 것이 행동기록이었다. 기록에는 내가 모든 것을 수행하려고 얼마나 많은 일에 손을 대고 있는 지, 그리고 그 일이 목표 달성에 연계되기는커녕 오히려 시간을 빼앗을 뿐이라는 적신호가 명백하게 기록되어 있었다.

특히 많은 시간을 빼앗긴 항목은 일의 이익에 직접 관계 없는 우편물을 개봉하거나 그에 대한 답장을 쓰는 것, 그다지 중요하지도 않은 전화에 대한 응답이었다.

즉, 쓸데없는 잡무에 시간을 과소비한 나머지 업적을 올려야 하는 중요한 일에는 등한시하고 있었다는 사실이다.

당신의 행동기록에서는 또 다른 원인이 발견될 것이다. 시간 사용법은 개개인의 바이오리듬처럼 다르다. 기록에 의해 자기가 무엇에 시간을 빼앗기고 있는가를 명확히 나타내준다.

그렇다면 우리들은 무엇에 시간을 빼앗기고 있는 것일까. 알고 있는 듯하면서도 의외로 모르고 있다는데 놀라지 않을 수 없다. 확실한 것은 하루가 48시간이 아닌가 생각될 정도로 서류나 전표를 뒤적이고, 자료를 만들거나 질문에 응답하고, 자주 쓰지도 않는 접시를 닦거나 집안 정리 정돈에 매달리다가 하루가 끝날 무렵에는 지쳐 쓰러져 버릴 피로만이 남아 있을 뿐이다.

그러나 실제는 어느 정도의 시간을 할애하여 지금 쓰고 있는 '행동기록'에 매달려 있는 것일까.

"나는 자신이 생각하는 것보다 더 이상으로 많은 일을 하고 있지 않을까? 아니면 생각하고 있는 정도보다도 일을 못하는 것은 아닐까?"
하고 생각해 보기 바란다.

이에 대한 행동기록을 적어보면 그 차이를 확연히 구별지을 수 있다. 지금 곧 두려움 없이 시작해 보라. 한 주일만이라도 이를 악물고 시간을 뒤쫓아가 보라.

처음 시작하기에 다소 늦은 감이 있었지만, 그만큼의 가치는 충분하다고 고백하는 여성을 많이 알고 있다.

방문판매 직책을 맡고 있는 셀 휴우 여사는 코스가 다른 고객을 만나기 위하여 시간을 너무 많이 빼앗긴다는 사실을 알아냈다. 심한 경우 한 고객을 위해 하루라는 긴 시간을 소비하기도 했다.

그래서 다음부터는 방문 날짜를 미리 정해 놓고, 그날은 같은 방향의 고객 몇 사람을 묶어서 방문하기로 계획을 세웠다.

그 결과 이제까지 도저히 확보할 수 없었던 사무실에서의 집무시간을 주 2일은 확보할 수가 있게 되었다.

하루를 짧고 빨리 보내는 방법

아침부터 퇴근시간까지 하루를 짧고 빠르게 보내는 좋은 방법이 있다. 그것은 상사의 눈을 속여서 15분 가량 늦게 출근한다던가, 15분 일찍 퇴근한다는 부정행위가 아니다. 또 점심시간을 5분 가량 더 사용하는 약삭빠른 행동도 아니다. 그런 부당한 마음을 가졌다면 하루가 더 길게 느껴질 것이다.

지혜로운 직장인은 노동시간을 짧게 하고, 자기가 하고 있는 일에서 지루함을 없애는 가장 효과적인 방법을 알고 있다. 즉 자기 일을 휴가를 보내는 것처럼 즐긴다는 것이다.

이를테면 우리들은 저녁 일곱 시에 파티에 참석해서 심야까지 머문다. 거의 하루 노동과 맞먹는 시간이다. 그러나 즐거운 시간이기 때문에 쏜살같이 지나간다. 바로 이것이 요령이다. 일을 흥미롭게 하는 것이다. 그렇게 하면 그날은 짧은 하루를 보낼 수 있다.

시간을 분석한다

사랑에서 야망으로 옮겨가는 사람은 많으나
야망에서 사랑으로 돌아오는 사람은 드물다.
_라로시푸코

    학교 선생님으로 근무하고 있는 리즈 울프는 자신만의 시간 사용법을 분석했다고 한다. 그 덕택으로 운동시간도 가질 수 있게 되었고, 바쁜 아침시간에도 15분에서 20분 정도는 커피를 마시면서 신문을 읽는 여유시간도 확보할 수 있었다.

    또한 리즈는 아이들이 자신의 일을 도와줄 수 있다는 새로운 사실을 발견하였다. 가사를 분담시키고 그 일에 아이들도 책임을 지는 공동체의 일원임을 배우게 하고, 그 덕분으로 그녀에게는 자기만의 자유시간을 찾게 된 것이다.

    리즈는 지금이라도 다른 분야에서 시간을 많이 낭비했다는 사실을 확인하게 되면 무의식 중에 시간분석을 한다는 것이다.

    보험대리인 카렌 올슨은 외부로부터 걸려오는 전화에 대한 기록을 얼마동안 체크해 보았다. 전화내용을 구분해서 상세히 기록해 본 것이다. 그 결과 지금은 전화에 소비하는 시간을 이전보다 훨씬 합리적으로 조절할 수 있게 되었다.

    "개인적인 사사로운 이야기로 5분 이상이나 더 계속될 듯하면, 지금 시간이 없다든가, 2분 후에 약속된 장소에 가지 않으면 안 된다든가[거짓이든지, 사실이든지간에], 다른 전화가 걸려왔다고 거짓말 한다. 보통의 다소 무딘 신경을 가진 사람일지라도 그 정도면 눈치 채게 마련이다."

도서관 사서직을 맡고 있는 데이비즈 역시 직장생활에서의 행동기록을 써 보았다.

"어떻게 시간이 쓰이고 있는가를 알고 싶었던 거지요. 자신은 열심히 일하고 있는데도 결과적으로는 별다른 성과가 없는 듯해서……"

전화가 걸려올 때는 물론, 누군가가 다른 용무를 부탁할 때마다 기록해 보았다. 그러자 행동기록에 나타난 현상은 생각했던 대로 하루의 일과를 끝낼 무렵에는 지쳐 버리는 것도 무리가 아니었다.

사소하고 불필요한 일에 에너지를 소모시키고 있었던 것이다. 그것을 파악한 지금에는 시간과 노력을 빼앗고 있는 요소를 최소한으로 막아낼 수 있게 되었다.

행동기록을 쓸 때 이 점을 주의하라

인생에서 기회가 적은 것은 아니다
그것을 볼 줄 아는 눈과 붙잡을 수 있는 의지가 부족할 뿐이다.
_스탕달

행동기록은 1주일 이상 쓸 필요는 없지만, 최저 일수는 꼭 의무적으로 써야 효과를 얻을 수 있다. 또 선택한 날이 특별하다면 아무 쓸모가 없다.

그리고 하루의 마지막 시간에 마무리 짓지 못한 기록을 기억에 의존하여 더듬거리며 쓴다는 것은 절대금물이다. 우리 인간의 기억 능력은 자기가 행한 일을 하루를 마감하는 늦은 시간에 완벽하게 되살려낸다는 것은 무리다. 바로 그 점이 큰 문제인 것이다.

대다수의 사람들은 많은 일에 관계하고 바쁜 시간 속에서 행동하고 있으므로 자기가 행하고 있는 것을 일일이 기억해 두지 못하는 것이 두뇌의 한계이다. 어떻게 시간을 사용했는지 아주 작은 부분까지 기억할 수 없는 망각증세를 가지고 모든 것을 기억해 내려고 애쓴다.

기록은 행동과 병행해서 15분마다 쓰는 것이 가장 정확을 기할 수 있으며, 효과를 얻을 수 있다.

무엇보다도 행동에 관한 내용을 상세히 써둘 것을 부탁하고 싶다. 왜냐하면 자세히 관찰하듯 쓰지 않으면 모처럼의 기록이 쓸모가 없게 된다.

시간을 헛되게 낭비하는 내용은 대부분 사소한 일이므로, '10시 15분 → 전화'라고 하면 쓸모가 없다.

어디서 누구로부터 걸려왔으며, 용건은 무엇이었고, 몇 분간 통화했으며, 전화의 성과까지 기록해 두면 훗날 쓸모 있는 자료로 활용할 수 있다.

보다 명확히 기록하면 숨어 있는 자기의 비밀이 선명하게 돋보이게 된다. 그런 다음 하나의 항목이나 마지막 행동까지 면밀하게 검토할 수 있을 때 자신의 시간관리를 평가할 수 있다.

검토 항목이 전화에 대해서라면 다음과 같이 평가해 볼 수 있을 것이다. 걸려온 전화는 정말 필요한 내용들이었을까, 적당히 끊을 수는[실례가 되지 않게] 없었던 것일까. 전화를 통해 나눈 대화는 과연 중요한 용무에 관한 것이었을까. 아니면 그저 바쁜 척 했을 뿐이었나, 더 좋은 방법으로 대처할 기회는 없었을까.

내 자신이 해결할 수 없는 용건이었다면, "아니오."라고 거절할 용기가 없었는가를 검토해 보는 것이다.

행동기록을 쓰는 목적은 '자기 시간'의 문제점을 발견하는 중요한 첫걸음이다.

아침에 출근한 직장에서 뿐만이 아니라, 밤에 이르기까지 가정에서도 기록할 수 있다는 편리함이 장점이다. 이와 같은 습관을 길러두면 직장에서의 생활은 물론 가정의 일까지도 무리없이 지속해 갈 수 있다.

대개의 경우 가정과 직장에서 시간을 빼앗기는 원인은 다르다. 그러나 공통된 무엇인가를 느꼈을 것이다. 그 내용은 어느 것이나 결론적으로는 같다는 사실을 깨달았다는 것이 중요하다.

근본적으로 매사에 '더 유효하게 쓰면 활용할 수 있는 시간임을 잘 알면서도 낭비하고 있다.'고 결론 지을 수 있다. 그러나 시간을 유효하게 쓰기 위해서는 무엇이 문제인가를 찾아내지 않으면 안 된다.

[행동기록]을 쓸 때의 주의점을 열거해 본다.

▌어드바이스(advice)
• 행동한 시각을 쓴다.
• 행동 내용을 자세히 기록한다.
• 그 행동이 계획에 예정되어 있었던 것인가, 아닌가를 살펴본다. 예정된 경우가 아니면 전혀 상관 없는 일에 끼어들었는가를 적어본다.
• 행동에 관련된 인물의 이름을 적어둔다.
• 일에 몰두한 시간, 또는 쓸데없이 공상에 잠긴 시간까지 쓴다.
• 그날의 마지막을 정리하면서 낭비한 시간을 없애려면 어떻게 해야 되는가를 분석한다.

　시간은 '티끌 모아 태산'이 된다는 말을 명심하기 바란다. 여기서 3분간, 다른 일에서 5분 동안이라는 낭비된 시간을 미연에 방비하거나 보충시키면 결과적으로 큰 시간이 되어 자기의 인생으로 되돌아오는 빛나는 값이 된다.

　다음과 같은 행동기록의 효과를 첨부한다.

오늘의 행동기록 – 나의 시간
Daily Time Sheet

년   월   일

시각	할 일	예정에 있음	예정 외의 일	우선 해야 할 일	누구와	코멘트
7 : 00	아침밥 지음	●			혼자	아이 맡겨도 됨
8 : 15	은행에 낼 각종 고지서를 준비		●		남편	보관법을 정한다
8 : 30	직장에 나갈 몸단장	●			혼자	입을 옷을 미리 정해 둔다
8 : 40	구두 수선점에 들린다	●			혼자	누군가에게 부탁한다
9 : 20	쟝으로부터의 전화		●		쟝에게서	
9 : 40	새 상품 매출에 관한 일일보고 정리		●		방문객	예약자 외는 절대 만나지 않는다
10 : 30	스미스에게 회의 결과 보고 제출	●			혼자	파일(서류철)이 준비되지 않았다
11 : 00	자네트로부터 전화, 잡담		●		혼자	좀 더 빨리 끊는다
11 : 30	회의… 기획 회의	●			기획 관계자	좋은 기획이 수립되었을 터인데
13 : 30	고객 X으로부터 불만 표명, 납기가 늦음		●		T.B.M	곤란함
16 : 00	SJ로부터의 신청서 검토, 편지 씀		●		혼자	예정 외였다
17 : 00	저녁 찬거리 장보기	●			혼자	

시간을 낭비한 원인	해결책
아침준비에 너무 많은 시간을 소비했다.	아이에게 맡길 것인가
은행계산서를 찾는데	파일링 시스템을 확립한다.
불만	문제가 될 가능성 있는 점을 미리 생각해 둔다.
식료품 장보기	예약해서 배달을 부탁해 둔다.

오늘 할 일을 기록해 본다

자신감을 가지라는 것은
인생을 적극적인 면에서 포착하라는 의미다.
_빈센트

　시간관리를 위한 리스트 작성은 인생의 여정을 달리는 도로를 표시한 지도와 같다.

　리스트를 만드는 첫 번째 장점은 종이에 써봄으로서 머리 속의 기억이 정리된다는 점이다.

　그날 해야 할 예정된 일, 즉 세탁소에 다녀오는 것부터 시작해서 지금 진행하고 있는 업무에 대한 의견과 진행사항, 결론에 이르기까지 그 내용을 리스트로 작성해 놓으면 어떤 일을 했으며, 왜 하지 않으면 안 되었는가를 명확히 구분할 수 있다.

　무엇보다도 다음 날의 예정표를 만들기 쉽고, 그 하나하나의 항목을 어떻게 실천하고 정리해 나갈 것인가 하는 마음의 준비를 가다듬을 수 있는 장점이 있다.

🖤 리스트를 작성하지 않으면 빛나는 하루를 만들 수 없다

절제와 노동은 인간에게 있어서
진실된 의사이다.
_루소

나는 리스트를 작성하지 않으면 하루라도 안심하고 살 수 없다고 믿는 사람 중의 하나이다.

우선 그날에 하고 싶은 일을 순위 항목으로 선정해 놓으면, 그 하나하나를 시간의 틀 속에서 맞추어 나갈 수가 있다. 그러므로 즉석에서 시간표가 작성되는 것이다.

그때 중요한 점은 시간을 일에 맞추어 나가는 것이 아니라, 일을 시간에 맞추어 처리해 나가는 방법이다.

예를 들면 목요일 항목이 다음과 같다고 하면,

• S.J의 생일 선물을 산다.

• 세탁소에 간다.

• 간부회의

• B&J에 제출할 서류 작성

• 우편물 처리

제1번으로 적었다고 해서 먼저 시작할 필요는 없다. 다만 생각이 떠오르는 대로 자연스럽게 적어 놓았을 뿐이다.

그 다음은 각 항목을 시간의 틈에 삽입시키면 된다.

간부회의는 오후 2시에 이미 정해져 있기 때문에 움직일 수 없다는 부분부터 짜 넣는다.

세탁소는 보통 때보다 5분이나 10분 빨리 집을 나서면 출근 도중에도 들릴 수 있다. 생일 선물 준비는 점심시간을 이용하는 편이 가장 편하다. 그렇다면 개인적으로 사사로운 일이 비어 있는 오전에 집중적으로 업무를 처리할 시간이라고 할 수 있다.

그러나 당신의 머리가 활발히 움직이는 시간대가 오전 중인가, 아니면 오후인가?

비교적 아침에 활동적인 사람이라면, 오전 중에 계획을 짜는 일을 시작하면 된다. 그 경우 간부회의가 끝나고 나면 피로에 쌓일지 모르므로 다음 시간은 가벼운 기분으로 이미 해결된 문건을 정리한다든가 우편물을 처리하는데 시간을 배정한다. 치밀함이 요구되는 자료 작성보다는 머리를 덜 쓰고 해결할 수 있기 때문이다.

만약 머리가 활발히 움직이는 시간대가 이것과 반대인 오후라면 예정을 그 반대로 짜면 된다. 전날에 받은 공문이나 하청업체에 대한 진행상황을 면밀히 검토하고 답장을 내고 점심 후에 간부회의에 참석한 다음 자료작성을 시작한다.

리스트를 머리 속으로 작성하는 것은 시간만 낭비할 뿐이다

좋은 말 한마디는
나쁜 책 한 권보다 낫다.
_르나르

'아무리 그날의 예정이 가벼운 업무로 짜여 있다고 하더라도 미리 계획을 세워 놓아야 한다. 자기가 실행하고 싶다는 항목을 리스트에 기록한 다음 예기치 못한 사건에 대비하여 스케줄을 짜는 것이 중요하다. 그렇게 함으로써 시간이 절약된다.

나는 기본적인 목표나 예정이 확고하게 서 있는 날은 충실감을 가지고 지낼 수 있다고 확신하는 편이다. 비록 하루 종일 영화를 관람하는 경우라도 업무시간의 연장이라는 생각을 갖고 있다.

리스트를 기억해 두려고 특별히 애쓸 필요는 없다. 머리 속에 기억해 두는 것만으로도 예고없이 찾아오는 돌발적인 사건을 우선적으로 처리할 수 있기 때문이다. 때로는 자기 자신이 무엇이 중요한가를 분별하지 못하는 경우도 있다.

우선 순위를 적어 놓으면 돌발적인 일이 생긴다 하더라도 리스트를 검토하고 이를 대비해 차선의 방책이 없는가를 다시 생각해 보며 '이것은 내가 하려는 일보다 더 중요한 것일까?' 판단할 수 있다.

나는 언제나 예정표를 손길이 닿는 가까운 곳에 놓아두고 있다. 그리고 무엇이든 상세히 기입한다. 약속시간, 전화번호, 지출, 개인적인 잡무 등등 한 권의 노트에 기록한 다음, 항상 지니고 다닌다. 분신처럼 말이다.

당신은 일을 통해 무엇을 실현하고 싶은가?

성공을 이루기 위한 목적과 지향하는 가치는 열정과 도전의 산물로서 실체를 추구하는 구체적인 활동이다.

성공에 도전하는 철학과 목표가 명확하지 않으면 내 노동의 댓가는 단순한 돈벌이의 수단으로 전락하게 되며, 아무리 노력해도 성공의 새벽은 멀기만 할 것이다.

자신이나 타인에게 이득이 되지 않는 지출은 하지 마라.
그것은 곧 낭비를 하지 않음을 의미한다.

🎗 리스트는 가까운 곳에 놓아둔다

큰 성과는 작은 가치있는 것들이 모여 이룩된 것이다.
확실한 성공을 얻으려면 한 걸음 한 걸음을 충실하고
힘차게 밟아 나가야 한다.
_단테

엘리베이터 회사를 경영하고 있는 마리 맥도날드도 이와 유사한 방법을 선택하고 있다.

캘린더가 들어 있는 노트에 모든 내용을 상세히 기록한다. 병원 진찰 예약부터 친지의 생일, 지출, 주말의 예정까지 일목요연하게 정리해 놓는다. 이것을 손에서 떼어놓은 적이 없다. 그러므로 다른 메모 용지를 사용하거나 찾을 필요가 없다.

한편 일주일 만에 끝낼 예정이었던 일이 끝나지 않아 다음 주로 연기되는 경우도 있게 마련이다. 그런 경우라면 미결사항은 다른 메모지에 적어서 다음 주 예정표에 붙여 놓았다가 신속히 끝내도록 한다.

직장에서의 일이나 가정에서 필요한 예정이 모두 노트에 정리 기록되어 실행에 옮기고 있으므로 하루 동안 진행되는 일을 리스트에서 확인할 수 있었다.

또 직장과 가정에서의 경비지출도 메모를 해두기 때문에 세금명세 작성에도 도움이 된다. 이 역시 한 곳에 적어두는 습관에서 비롯된 혜택이다. 그러나 많은 여성들은 바쁠 때만 리스트를 작성한다고 털어놓는다.

그 역시도 합리적인 방편이지만, 바쁜 것과 관계없이 리스트를 만든다

는 작은 수고는 계획을 세우는데 익숙해지고 점차 습관이 붙는다는 잇점
이 있다.

정기적으로 시간을 견적해서 계획을 세우게 된다면, 그때 그때의 임시
관리에서 그쳐 버리는 악순환에서 벗어날 수 있다.

일을 할 때 부하 직원에게 화를 내서는 안 된다

부하 직원이 있다면 자주 화를 내서는 안 된다. 당신이 화를 낼 때마다
직원들은 당신을 덜 존경하게 된다. 실제로 그들은 당신을 무서워하지 않
는다. 당신이 스스로를 절제하지 못한다면, 그들은 당신을 제어하려 할 것
이다. 당신이 화를 냄으로써 스스로에게 결정적인 해를 입히게 된다.

자기 주장을 펴라. 하지만 조용히 그리고 위엄있게 대하라. 남에게 화를
내는 것은 사치품이며, 사실 당신은 그럴 여유조차 없다.

리스트 작성은 아침 일찍, 아니면 취침 전에 할 것

기회가 두 번 다시
문을 두드린다고는 생각지 말라.
_상포르

　리스트를 작성하는 시간이나 계획 역시 생활의 한 부분으로 짜 넣도록 해 두면 쉽게 실행에 옮길 수가 있다. 매일 예정된 시간에 짜 넣으면 더욱 편리함을 느끼게 된다.

　아침 일찍, 아니면 취침 전이 리스트 작성에 최적의 시간이다. 하루를 그날의 계획과 함께 평가할 수 있기 때문이다.

　내 경우는 사무실을 나오기 직전이나 집을 향하는 버스나 전철 안에서 다음 날에 해야 될 일을 생각해 둔다. 즉 귀가시간을 이용해서 리스트 준비를 하는 셈이다.

　매일 같은 시간이 좋다는 것은 습관화되기 때문에 수월하게 리스트를 짤 수 있는 틈새를 이용하는 방법이다.

리스트 작성에 필요한 5분이 몇 십배의 시간을 생산해 낸다

명예는 밖으로 나타난 양심이며
양심은 안에 깃든 명예이다.
_쇼펜하우어

리스트를 작성하는데 걸리는 5분이나 10분은 하루 생활 중에서 몇 시간을 절약해 주는 계기가 된다.

프랑스의 작가 빅토르 위고는 이렇게 말하고 있다.

"매일 아침 그날의 계획을 세우면, 거기에 따라서 바쁜 인생의 미로를 인도해 주는 실을 끌어당기면서 걸어가고 있는 것과 같다. 계획도 세우지 않고, 사물의 흐름에만 내맡기고 있으면 모든 것이 혼돈 상태에서 끝나 버린다."

다음 사항을 잘 기억해 두기 바란다.

▌어드바이스(advice)
- 리스트 작성은 인생의 삶의 지도를 만드는 것과 같다. 그러므로 리스트 작성을 하루의 흐름 속에 짜 넣도록 하자.
- 리스트를 만든다는 것은 머리 속의 잡다한 내용을 종이에 옮겨 놓는 일이다.
- 내가 시간을 할당하는 것이 아니라, 시간이 나를 할당한다.
- 분 단위까지 예정을 짜지 말 것. '예상 못한 사건'을 위한 여유시간까

지 잡아 놓는다.

- 리스트를 작성하는 데만 열중하지 않는다. 그것은 실천에 도움을 주는 것이 아니라, 오히려 행동을 구속한다.
- '자기에게 맞는 방법을 선택하되 시스템을 복잡하게 하지 말 것.
- '리스트를 작성한 예정표는 가까운 곳에 놓아 두고 틈틈이 점검해 본다.
- '리스트를 작성해서 미리 스케줄을 짜 놓는다.

기한이 정해진 용무부터 예정에 짜 넣는다. 자료 확보, 판매, 미팅, 기획 등등, 그날 중에 끝내지 않으면 안 될 모든 사항을 기입한다.

다음에는 되도록 빨리 끝내야 할 필요가 있는 중요한 일을 맨 앞에 기록에 놓고 예정이 기입되었으면, 다음은 기한이 정해 있지 않는, 그다지 중요하지 않은 사항을 기입한다. 그리고 다시 시작되는 항목을 적어 놓는다.

그렇게 함으로써 마감시간이 정해진 항목을 완성시킬 수 있다.

다음과 같이 리스트 작성 예를 명기해 보았다.

하루 일과 리스트

년   월   일

목표 : (1) 프랑스어 강좌 입회 수속   (2) XYZ 보고서 정리
　　　 (3) 마케팅 계획   (4) 주말의 예정을 정한다

시각	기획/행동	우선순위	마감	다음 예정
오전 8 : 15 ～ 8 : 30	친구와 주말을 함께 보낼 예정을 세운다.	B-1		
9 : 00 ～ 10 : 30	XYZ 자료 수정	A-2	9/1	
11 : 30 ～ 12 : 00	프랑스어 강좌에 관한 문의 다시 학원에 전화	A-1		다음 코스는 언제부터인가 그 마감은…?
오후 12 : 00 ～ 1 : 00	쟝과 점심 약속	A-3		조사 결과에 대하여 대화
2 : 00 ～ 5 : 00	편지 답장을 씀 보고서를 쓰기 시작함 (예정표 작성)	C-1	9/9	관계서류가 필요
귀가 도중	세탁소에 들림 시장이나 슈퍼에서 장보기	C-2 C-2		

행동 계획에 첨가할 항목을 쓴다.
다음 예정, 예를 들면 'ㅇㅇ에게 부탁', '목표가 이루어지지 않았음을 최후로 다시 한 번 시도해 볼 것' 등을 확인 기록한다.

계획은 자유를 빼앗는 것이 아니라 자유를 주는 것이다

열매를 얻으려는 자는
과일나무에 올라가야 한다.
_풀러

여성은 계획을 세우는 일에 남성보다 잘 하고 있는 편이지만, 가족과 함께 지내는 시간이나 자기만의 시간을 제1순위에 넣지 않는다.

그러나 가장 염려가 되는 점은 지나치게 치밀한 계획을 세운 나머지 그 안에 스스로 구속되어 개인의 시간은 물론, 가정에서의 시간까지 즐거움 없이 보내게 된다는 사실이다.

우리들 여성에게는 근무시간이라든가, 사업에 연계되는 미팅, 자녀가 있는 경우라면 아이들의 보살핌에 소요되는 시간을 예정에 포함시켜 놓지 않으면 안 된다.

그러나 그 이외의 짧은 여유—산책이라든가, 친구들로부터의 식사초대를 편한 마음으로 한 시간 정도 자기만이 즐길 수 있는 시간을 계획 외에 잡아놓는 방법도 현명한 일정이 될 것이다.

사실 문제는 간단한 항목에 있다. 계획을 세운 이상 지키지 않으면 불필요한 낭비된 시간만 초래할 뿐이다. 결코 바꿀 수 없다는 단호한 마음가짐이 절대적으로 필요하다.

확실하게 단언하지만 계획은 자유를 박탈하기 위한 것이 아니라 향유하고 싶어서 세운 목적이라는 점이다.

예를 들면, 다소 극단적인 행위이지만 라킨은 TV를 가지고 있지 않다고 한다. 꼭 보고 싶은 프로가 있을 때는 TV가 있는 업소에 가서 보면 된다는 것이다.

나는 다소 지나친 엄격함 속에서 그만이 즐기는 좋은 한 가지 예라고 생각한다. 그리고 그것을 다른 시간관리를 강의하는 전문가와 월등히 다르다는 점도 강조해 두고 싶다.

큰 욕망이 큰 성공을 가져온다

모든 목표에 대한 관찰을 위한 출발의 발판은 욕망이다. 이 점을 언제나 마음 속에 간직해 두고 성공의 불을 지펴야 한다.

작은 불을 지피고 있으면 극히 소량의 열 밖에 얻을 수 없는 것과 같이 욕망이 작으면 얻어지는 결과도 작을 수밖에 없다.

자신에게 끈기가 없다는 사실을 깨달았다면, 그 약점을 욕망이라는 불로 일으켜 크게 타오르게 함으로써 바로잡을 수 있다.

TV 보는 시간은 짧을수록 좋다

사람은 자신을 사랑하는 마음이 있어야 자기 자신을 이겨낼 수 있고
자신을 이겨낼 수 있어야만 자기를 반성할 수 있다.
_왕양명

   TV를 가지고 있지 않다는 것은 TV로부터 자기 자신을 제어할 수 없다
는 말이 된다. 즉 TV에 끌려 다니고 있다고 인정하는 것과 같다. 하지만,
나는 퀴즈프로 보는 것을 좋아한다. 어떤 사람들은 그런 프로를 보기 위해
TV 앞에 앉아 있다는 것은 시간 낭비라고 말한다. 그러나 나는 그 시간도
하루 일과 중에서 중요한 우선 순위에 넣고 있다.

   나에게 있어 '퀴즈 피라밋 2만불 타기' 프로를 시청하는 목적은, 그날에
있었던 모든 것을 잊은 채 긴장된 몸의 힘을 빼고 잠시 여유를 갖고 싶은
욕망에서이며, 그와 같은 시점에서 잠시 나를 해방시켜 주는 프로를 보는
것이 필요하기 때문이다.

   나에게는 그 시간이 가장 유효한 생활의 사용법으로, 그 효능을 알고 있
기 때문에 즐기고 있는 편이다.

♥어떻게 생활의 유연성을 짜 넣을 수 있을까

만약 내가 신이었다면
나는 청춘을 인생의 끝에 두었을 것이다.
_A. 프랑스

무엇보다 융통성 있는 계획을 세우지 않으면 안 된다. 이것은 가정에서도 똑같이 필요하다.

아무리 바쁜 일이라도 초와 분을 다툴 정도로 무리한 계획을 세워서는 안 된다. 그런 계획은 종이에 적어 놓는데 의의가 있을지는 몰라도 실행하는데 예기치 않은 장애 요소가 숨어 있게 마련이다.

이 책 때문에 인터뷰한 여성들 대다수가 어쨌든 계획을 세우는 것은 중요한 일이라고 생각하는 것 같았다.

그 중에 한 사람인 로즈 그룹슨은 자신의 심정을 토로했다.

"나는 하고 싶을 때, 그 일에 매달리는 성격이므로 아무리 많은 계획을 세워도 거기에 구속되지 않는다. 왜냐하면 계획이란 언제든지 바꿀 수 있기 때문이다. 계획은 단지 방향에 불과하다. 절대로 실행해야 된다는 명령이 아니라 필요에 따라서는 수정하고 보완해서 전혀 다르게 만들어도 이상할 것은 없다. 나의 경우 계획을 세움으로서 오히려 자연스럽게 계획을 바꾸고 있다. 그러므로 계획에 얽매이거나 숨이 막히는 일도 없다."

한 여론 조사팀에 근무하고 있는 카자일은 몇 번 시행착오를 경험한 다음에서야 겨우 목적에 도달하는데 성공했다.

"그날의 계획을 우선 머리 속으로 대충 생각해 본다. 케익을 굽는 일이라든지, 세탁 등 하루의 일과를 생각해 보는 것이다. 그때 누군가가 조사 의뢰할 일이 있어 방문하겠다는 전화가 걸려오거나 직접 찾아오는 경우에는 아무래도 그 정도에서 생각을 중단하지 않으면 안 되었다. 그럴 때 기분을 바꾸어 잠시 마음의 안정을 취하면 사소한 일에도 화를 낼 필요가 없고, 계획한 일들이 제대로 수행하지 못했기 때문에 그날 하루가 불만이었다고는 생각되지 않았다."

내가 인터뷰한 여성들은 자기들이 계획을 세우는데 유능한 사람이라는 것을 생각지 않고 있었다. 분까지 헤아리는 세심한 계획을 세우지 않고 있었기 때문이다.

그러나 사실은 그 유연성이야말로 그녀들을 계획의 유능자로 만들고 있다는 점이다.

남에게 해를 입히는 거짓말을 하지 말라.
항상 순수하고 정의로운 생각을 하라.

왜 계획을 수갑처럼 생각하는가?

영혼, 그것은 인간을 지상의 모든 것과
구별하는 불멸의 불꽃이다.
_쿠퍼

도리스 모스 박사 역시 계획을 세우는 일에 다소 무리한 저항이 요구된
다고 인정하고 있는 편이다.

"때로 흥이 깨진다든지, 실증이 날 정도로 사물을 분석한다거나, 분류
하는 일을 더 이상 하지 않는 편이 오히려 좋지 않을까 하고 생각할 때가
있다. 집안 생활을 꾸려가면서 '식사 관리 책임을 수행하자'고 스스로 맹
세하는 것보다 그때 그때의 형편에 따라 음식을 장만하고 요리하는 것이
더 좋은 요령이다. 하지만 계획을 세웠기 때문에 자유가 없어진다고는 생
각지 않는다. 무엇보다도 계획은 어떻게 생각하는가의 방법에 달려 있을
뿐이다."

좀 더 현명한 방법은 계획이 융통성 있는 시간관리의 한 도구라고 생각
할 일이다.

뉴욕 시의회 의장인 캐롤 베라미가 회의시간을 정확히 지키자는 제안
때문에 융통성 없는 인간이라고 지적 받을지 모르지만, 실은 정반대의 인
물임을 알 수 있다.

"실제로 의회에서는 융통성 있도록 스케줄을 짜고 그것에 의해 의사일
정이 진행된다. 자기가 해야 할 일이나 주어진 업무를 언제까지 하지 않으

면 안 된다는 기한이 정해져 있어도 계획대로 실천에 옮기지 못하는 경우가 많다. 왜냐하면 어떤 목적을 달성하려면 미처 생각지 못한 거부반응과 부작용이 따르기도 한다. 그리하여 무엇인가를 희생하던지, 변경하지 않으면 안 된다는 최악의 상태에 놓인다 해도 전부 쓸모없는 것이 되었다고 미리 단념할 필요는 없다."

대단히 많은 역할을 맡고 있는 여성이 시간관리를 잘 하는가 못하는가는, 여하히 융통성을 적절하게 받아들이는가의 여부에 달려 있다. 계획은 수갑이 아니라 목적을 달성하기 위한 보조에 불과함을 명심해야 할 것이다.

리스트는 인생의 지도이지만, 어느 누구도 옆길로 벗어나면 안 된다고 말하지 않는다.

해야 할 일을 반드시 처리하겠다고 결심하라.
결심한 바를 실수 없이 실행하라.

슬기롭게 살아가는 삶의 모습을 배우자

비난은 사람이 유명하게 되었을 때
대중에게 바치는 세금이다.
_스위프트

현재 직장생활을 하면서 특별한 문제를 안고 있는 일이나 역할에 대해 질을 저하시키지 않고서는 결코 처리할 수 없다고 생각하는 사람이라면, 무엇부터 먼저 해결해야 할 것인가를 명확하게 파악한 다음 불필요한 업무에 쫓기며 낭비하는 시간부터 제거하지 않으면 안 된다.

카렌 올슨은 일상생활을 통하여 하지 않으면 안 될 일이 의외로 많은 원인으로 '무엇을 해서는 안 된다는 결정을 못 내리는 데서부터 시작된 것'이라고 단정하고 있다.

"아니오."라고 분명히 말할 수 없는 과단성 부족, 그다지 중요하지 않은 일이 즐겁다고 하는데 문제의 심각성이 있다.

특히 과중한 업무에 지쳐 있는 경우라면 잠시 뒤로 미루어도 좋을 간단한 일을 하는 쪽이 오히려 능률을 올릴 수 있다.

하지만 어렵고 불가능한 일에 도전해서 충실감을 맛보는 것 또한 중요하다는 것을 염두에 두기 바란다. 만약 일의 능률을 저하시키는 요인을 제거하지 않으면 안 된다는 최종 결단에 망설여진다면 '라킨의 질문'과 '실콕스의 질문'을 비교 생각해 보기 바란다.

'현재의 시간을 어떻게 사용하는 것이 가장 효율적인 방법인가?'

'이 일을 하지 않으면 어떤 결과를 가져올 것인가?'

어느 항목이 우선인가를 정하면 그 다음에는 무엇을 해야 되며, 불필요한 요소는 어떤 것인가를 알게 되어 생산적으로 능률을 높일 수 있다.

휴식을 취하면서 자신을 찾는다.

마음의 안정을 얻으려면 먼저 육체를 편안히 쉬도록 해야 한다. 가벼운 달리기나 줄넘기, 요가 등 손 쉬운 운동을 생활에 끌여들어 매일 땀을 흘리면 상쾌해질 것이다.

특히 감정적인 성격을 지닌 사람은 깊은 심호흡 운동을 권하고 싶다. 기분이 울적하면 무슨 일이든 감정적으로 처리하기 쉽다. 피로가 쌓이지 않도록 자신의 장점을 살려 자기답게 일하며 스스로 삶의 방향을 찾아 주위를 살펴볼 여유를 가져야 한다.

내 정신은 항상 건강하며
나는 조금씩 나아지고 있다.

♥️ 너무 일에 욕심을 부려서는 안 된다

존재하는 것은 오직 목표뿐이다. 길은 없다.
우리가 길이라고 부르는 것은 망설임에 불과하다.
_카프카

자기 자신이 다른 누군가를 감탄시키고 싶다는 이유만으로 필요 이상의 일을 하고 있으면 '나는 슈퍼우먼이 아니다'라고 한 번쯤 생각을 돌이켜봐야 한다.

"도서관에 근무한 첫 해는 너무 많은 일에 관여했다고 생각한다. 오랫동안 일을 갖고 있지 않았기 때문에 욕심껏 많은 일을 하고 싶었기 때문이다. 그러나 1년이 지나자 조금씩 일의 양을 줄이기 시작했다. 작년에도 업무량을 줄인 덕택에 지금은 더 이상 줄이지 않아도 될 것 같다. 지금은 알맞게 작업량을 맞추었다고 생각하고 있다."

자기 자신은 슈퍼우먼이 아니며 평범한 인간이라는 점에 주의가 끌리면, 그때까지 분산되어 있던 에너지가 집중되어 오히려 질 좋은 일을 할 수 있게 된다.

이와 같이 재치있게 "아니오."라고 단호하게 거절의 말을 할 수 있는 용기가 일의 양을 줄이는 중요한 방편이다.

이렇게 회수를 더해 가는 동안 모든 일을 능숙하게 처리하는 지혜를 터득하게 된다.

인내심을 기르는 4가지 단계

- 명확하게 구체적인 목적의식을 가지고, 그 달성을 위해 불타는 욕망을 가질 것.

- 목표 달성을 위해 보다 현실적인 계획을 세워 끊임없이 실천에 옮길 것.

- 실천함에 있어 소극적인 자세, 용기를 잃는 그러한 불필요한 부작용에 대해서는 굳게 마음의 문을 닫고 뒤를 돌아보지 말 것. 친척이나 친구들의 반대하는 충고도 예외는 아니다.

- 자기의 성공 계획이나 목표를 수행하는데 있어서 격려해 주는 사람들과 우호적인 관계를 갖는다.

극단을 피하라. 마땅한 이유가 있다고 생각하면
손해를 입은 사람의 분노를 기꺼이 참아 넘기라.

미리 단념하는 마음은 자신을 포기하는 것과 같다

강을 거슬러 헤엄치는 자가
강물의 흐름을 안다.
_월슨

타인의 요구에 많은 일을 맡게 된 경우라면 적당한 상대와 의논을 해보는 것이 바람직하다. 그러면 해결할 수 없다고 생각하고 있던 환경에서 빠져 나올 수 있는 기회를 얻어 의외로 수월하게 처리된다.

만약 회사의 상사가 지금하고 있는 업무량이 얼마나 힘든 것인가를 모르고 또 다른 과중한 업무를 억지로 맡겼다면, 그 동안 써온 행동기록을 내놓고 신중하면서도 정중한 태도로 다른 사람의 도움이 왜 필요한가를 명확히 설명해 줘야 한다.

신문사에 근무하고 있는 한 여성은 이제까지 두 사람이 담당하고 있던 일을 혼자서 맡게 되었다. 물론 혼자라도 불가능한 작업량은 아니지만, 그 때문에 일의 질이 떨어지고 있음을 알아낸 그녀는 그 사실을 상사에게 상세하게 설명해 주었다.

그러나 더 이상 다른 기자를 증원할 필요가 없다고 생각하고 있던 상사는 귀를 기울여주지 않았다.

하지만 그녀는 단념하지 않았다. 자신이 맡은 업무가 얼마나 어려운가를 보여주고 싶으니 일하고 있는 모습을 지켜봐 달라고 제안했다. 이에 상사는 쾌히 승낙하고 그녀의 요구를 받아들였다.

한편 그 일주일간은 상사에게 있어서 최악의 나날이었다. 그 주간이 끝나는 마지막 날 밤, 직장 상사는 한 상자의 초콜릿을 선사하면서 다른 기자를 반드시 증원해 주겠노라는 약속을 남기고 극도로 피로한 표정을 지으며 서둘러 퇴근해 버렸다.

이처럼 상사에게 건의해도 소용이 없다고 쉽게 단념하지 말고, 어쨌든 부딪쳐 보는 것이 현명하다. 이처럼 커뮤니케이션의 중요성을 가족과 의논하면 당신에게 집중되어 있는 힘겨운 가사노동을 덜 수 있다.

이 점에 대해서는 다른 조항에서 좀 더 자세히 설명해 보기로 한다.

오늘 하루에 최선을 다한다.

누구든지 자기 분야에서 단연코 일인자가 될 수 있다.

그것을 찾는 비결은 다음과 같다.

매일 아침 거울을 보고 다음과 같이 말함으로서 하루를 시작한다.

"나는 오늘 내가 하는 일에 최선을 다한다."

그런 다음 반드시 그대로 실행한다. 또 하루가 끝난 후에는 자신을 돌아보면서 "오늘 나는 최선을 다했다."라고 말할 수 있도록 한다.

그렇게 하면 당신이 원하는 분야에서 성공과 행복을 얻는 일인자가 될 수 있다.

하루의 출발은 하루의 결과를 가져온다.

때로는 집안일에서 벗어나는 지혜를 터득하자

하나의 작은 꽃을 피우기 위해서는
오랜 세월의 노력이 필요하다.
_블레이크

여성이 가정 이외의 다른 장소에서 새로운 일을 시작하기 전까지의 주업은 한 남자의 아내이고, 아이들의 어머니이고, 식구들을 위한 가정부 역할이었다.

그러므로 집안이 깨끗하게 정돈되어 있는 지 누가 점검을 온다고 해도 떳떳하게 맞이할 수 있는 책임이 따랐다.

가족을 위한 정성어린 저녁 식사와 디저트를 준비하며 틈틈이 아이들과 함께 지내는 시간을 소중하게 여기면서, 한편으로는 남편이 과로에 지쳐서 귀가를 하면 이해심 있는 반려자, 섹시한 아내로서 마음의 준비를 갖춘 시간적 배려를 아끼지 않았다.

이렇듯 한 가정을 위해 완벽하도록 자신의 모습을 드러낼 시간을 갖고 있음은 여자의 미덕이다.

무슨 일이든지 최선을 다할 때 좋은 결과를 기대할 수 있다. 이럴 경우 '완벽할 때까지 최선을 다한다'는 마음가짐은 중요한 삶을 창조하는 지혜이다.

♥ 여성은 과도한 완벽주의자로 빠지기 쉽다

행복이란 한쪽 문이 닫히면 다른 쪽 문이 열리는 것과 같다.
그러나 우리는 닫혀진 문을 오랫동안 보기 때문에
우리를 위해 열려 있었던 문을 보지 못하는 것이다.
_켈러

많은 여성들이 쓸데없는 일에 시간을 낭비하고 있다는 점을 거듭 지적하지만, 이는 다른 사람의 눈을 의식하는 경우가 많기 때문에 파생되는 부작용일 것이다.

이러한 의식은 '타인 중심'이라고 할 수 있으며 정신적인 면에서도 좋지 않은 헛된 시간을 보낼 뿐이다.

가족이 먹을 과일 주스와 잼을 만들기 위해 몇 시간 동안 주방에서 보내야 하는 친구가 있었다.

처음에는 즐거운 마음으로 만들었다.

"일이 아무리 많아도 남편이나 아이들이 기뻐하니까."

하는 기분으로 만들게 되었다.

그러는 동안 똑같은 먹거리를 되풀이해서 만들 때마다, '왜 많은 시간을 소비하면서 만들지 않으면 안 될까. 다른 일도 쌓여 있는데!' 하고 혼자 짜증과 언짢은 기분에 사로잡히게 되었다.

어느 날 아이들에게 물어보았다.

"이제부터 엄마는 잼 만드는 일을 그만둘까 생각하는데, 너희들은 어떻니?"

"헤! 그것을 엄마가 만드셨나요? 슈퍼에서 사온 것이 아니었던가요?"

이와 같은 일을 당하는 장소가 바로 우리들의 가정이다.

대개의 경우 무리한 고통을 가져오게 하는 주범이 바로 자기 자신임을 깨달아야 한다.

셀 휴우 여사 역시 집안 청소에 소비하는 시간을 감소시킨 직장 여성이다. 그와 같은 결과를 얻기까지에는 많은 생각을 거듭하지 않으면 안 되었다.

"여성은 자기 스스로에게 믿을 수 없을 만큼의 스트레스를 주고 있는 존재다. 내 경우 휴일 전후가 되면 모든 것을 완벽하게 처리하지 않으면 안 된다는 강박관념에 사로잡혀 전전긍긍하고 있을 정도다. 그런 쓸데없는 일로 골머리를 앓고 있는 내 자신이 원망스러웠다."

그래서 휴우는 일에서 조금씩 손을 떼기 시작했다.

"그 결과 오히려 가족 모두가 유유자적해지고 훨씬 기분이 좋아진 듯했다. 한쪽을 정리하고는 다른쪽이 지저분하다고 잔소리를 늘어놓으며 가족을 몰아세우는 일도 사라졌다."

떳떳하게 일에서 손을 떼는 용기가 필요하다

공을 세우려고 서두를 필요가 없다.
세상에 나가 그릇된 일을 하지 않았다면
그것으로 훌륭한 공을 인정할 수 있다.
_채근담

집안일에 '완벽하지 않으면 안 된다'는 강박 관념에서 벗어나 기분을 전환시키는 것만으로도 해방감을 느낄 수 있지만, 직장에서 '손떼기'라는 자기 조절을 행동으로 옮기지 않는 이상 헛된 일은 반복하고 있을 뿐이다.

한 가지 예를 든다면 편지 답장을 급히 써야 할 경우 '답장을 쓸 시간이 없다.'고 몇 번이나 지연시켰다.

'오늘 리스트에서 해야 될 가장 중요한 일은 무엇인가?'

이는 자기 자신에게 물어볼 수 있는 질문이다. 당신에게 결백증 경향이 있어서 해야 할 일을 하고 싶지 않다고 느껴지면 자신에게 물어봐 주기 바란다.

"이를 완벽하게 수행하지 않으면 무슨 일이 일어날 것인가?"

답이 '아무 변함이 없다.'고 한다면 크게 손을 흔들며 일에서 손떼기를 하자.

💕 여성이기 때문에 더 자기 주장을 펴야 한다

언어는 대지의 딸이다.
그러나 행위는 하늘의 아들이다.
_존스

커뮤니케이션[말이나 글, 몸짓을 이용한 의사소통]은 시간을 절약해 주는 하나의 수단이다. 사무실과 가정에서 능숙하게 자기 의사를 전달하는 대화는 시간 낭비를 막는 가장 중요한 방법이다.

여성은 자기 주장을 내세우지 않도록 가정교육을 받아왔으며 스스로도 그와 같은 태도를 미덕으로 생각하고 있다. 지금 우리들은 그러한 불분명한 의식에 도전하려는 중이지만, 많은 문제점이 있다는 사실을 부인할 수 없다.

그러나 그 이상으로 문제를 어렵게 만들고 있는 요소는 '무엇을 요구하고 있는지를 말하지 않아도 주위 사람들은 알아준다'고 하는 여성 특유의 불분명한 사고방식이다.

여성은 자기가 무엇을 바라고 있는지를 교제하고 있는 남성이나 함께 살고 있는 남편이 알아주지 않으면 마음 속으로 슬퍼하고 분노한다. 무엇이든 말하지 않더라도 자신이 생각하고 있는 것, 요구하고 있는 것을 알아서 해결해 주기를 기대한다.

아이가 있는 경우라면 그에 대해서도 같은 태도를 취하고 있다. 그러나 자기의 욕구를 해결하기 위해서는 수동적인 자세에서 능동적으로 바꾸지 않으면 안 된다.

'엄마는 무엇이든 할 수 있는 사람이 아니다'고 정직하게 말하는 것이 바람직하다. 이렇듯 한 가정을 꾸려가기 위해서는 절대적으로 가족의 도움이 필요하다.

신디아 차일드는 자신의 마음을 털어 놓았다.

"함께 살고 있는 남편에게 아무것도 요구하지 않는다면 집안일을 소홀히 하고 있다는 점에서 남성만의 잘못이 아니라 여성에게도 책임이 있다고 보아야 한다. 집안 살림을 책임지고 있는 가정주부이지만 독립된 인간으로서 건전한 삶을 살아가기 위해서는 필요한 것만큼 요구하지 않으면 안 된다. 그러므로 지혜롭게 요구 방법을 구사해야 한다. 나의 경우는 가족들과의 어려운 일이 있을 때마다 대화를 통해 원만하게 풀어 나가고 있다."

이렇듯 커뮤니케이션은 하나의 기술이다. 자주 연습을 하면 몸에 배어 보통의 가정주부는 식구들이 이것저것 요구해 오면 무조건 받아들이는 데는 익숙해져 있지만, 자기가 바라는 뜻을 표현하는 일은 서툴다.

이와 같이 자기 의사를 내세우는데 익숙하지 못한 대다수의 사람은 망설임 끝에 마음먹었던 것조차 중도에 포기해 버리는 경우가 많다.

어떻게 하면 자신의 의사를 확실하게 표현할 수 있는가에 대해서 몇 가지 요점을 설명해 보려고 한다.

기분이 좋으면 상대를 상냥하게 대할 수 있다

세계는 한 권의 책이며, 여행하는 사람들은
그 책의 한 페이지를 읽었을 뿐이다.
_아우그스티누스

감정이 폭발할 때까지 참고 있으면 능숙하게 말할 수 없다. 가장 바람직한 방법은 그와 같은 감정이 쌓이기 전에 대화를 나누는 일이다.

가전제품 대리점 점장인 루바인은 가정과 아이들 시중을 같이 돌보면서 두 가지 사업을 동시에 시작했다. 처음 몇 년 동안은 누구에게도 푸념을 털어놓지 않고 참고 지냈다.

어떤 결정적인 감정이 폭발할 경우에도 자기 스스로 자제하며 처리해 나갔다. 그런 편이 주위 사람들의 감정을 손상시키는 것보다 훨씬 현명한 처사라고 생각되었기 때문이다.

그러나 매일 계속되는 과도한 업무로 가정과 건강을 중요시하지 않으면 더 이상 몸을 지탱할 수 없다는 한계를 절실히 느끼게 되었다. 그래서 현재의 상황을 가족에게 알리고 도움을 받고자 마음먹었다. 그녀의 요구는 대단히 만족스럽게 받아들여졌다.

집으로 돌아와서 이렇게 말해 보면 어떨까?

"들어 봐, 엄마는 오늘 너무 피곤하단다. 그러니 10분간만 기다려 줄 수 없겠니? 바지와 T셔츠로 갈아입고 올게. 조용히 기다리고 있으면 돼."

이상하게도 아이들의 보챔을 달래는 데는 겨우 5분이나 10분밖에 걸리지 않았다. 아이들도 직장에서 돌아온 엄마가 다소 기분이 언짢아 보이니까 억지를 부리지 말아야 한다는 분위기를 스스로 깨달았던 것이다.

어렸을 때부터 무엇을 어떻게 해야 하는가, 가족을 위해 어떤 태도를 지녀야 하는가는 가정교육의 지침이다.

이렇게 아이들에게 말해 보면 어떨까.

"엄마는 너희들에게 화를 내는 것이 아니야. 회사에서 있었던 일에 화를 낸 거다. 잠깐 기다려. 이런 일은 곧 머리에서 잊어버리게 할 테니까."

남편에게도 왜 자기가 그와 같은 불편한 감정을 가지게 되었는지 솔직하게 말해 주었다.

그 후부터 내가 초조해 하거나 불안한 모습을 보이면 세심한 배려로 감싸주었고, 나도 깊은 관심을 갖고 남편의 일을 이해했다.

남편 역시 직장으로부터 긴장이 누적된 상태에서 돌아왔으므로 적당한 시간 동안 자기만의 공간에 머물면서 피로를 풀 필요가 있을 거라는 판단에서 휴식을 취하도록 조용한 침묵으로 아이들의 접근을 막았다.

적어도 우리 두 사람은 상호협조 속에서 서로의 긴장감을 풀면서 모나지 않게 부부관계를 유지하고 있는 편이다.

그렇다고 하지만, 대화는 일방적으로 성립되지 않는 흐름이 있게 마련이다.

"쓰레기를 버려주시겠어요?"

이런 요구는 어느 가정에서나 흔히 할 수 있고 들을 수 있는 말이다. 이 말을 하는 쪽은 주로 가정의 주부이며, 부탁을 받는 상대는 남편이나 아이들이다.

"쓰레기를 좀 내다 버려!"

이렇듯 거북할 정도로 명령적이고 일방적이어서는 별 효과가 없다.

불편한 자세로 허리를 펴고 싫다는 표정으로 마지못해 쓰레기를 갖다 버리는 거부감, 그런 일쯤은 가벼운 마음으로 계속해 주기를 바라고 있다는 주부의 뜻을 설명하지 않는 한, 언제 쓰레기를 버렸는지 어떤 지를 확인하는 역할에서 해방될 수 없다.

자기의 뜻을 설명하지 않고 불필요할 정도로 요구만하는 태도는 짜증난 소리로 들릴 뿐이다.

적극적으로 자신을 표현한다.

인생에서 성공한 사람이 되기 위해서는 적극적으로 자기를 표현할 수 있어야 한다. 자기만의 독특한 분위기를 자아낼 수 있도록 노력해야 한다. 그 분위기는 주위 사람들의 마음을 끌며, 거기에서 느껴지는 따스한 빛은 내면으로부터 우러나오는 것이며, 주위 사람들에게까지 전해 준다.

무리하지 않고 자연스러운 행동에서 미소가 감돈다. 미소는 이 지상 어디에서나 통하는 언어다. 미소는 경계심을 풀게 하고 많은 말보다 더 많은 것을 말한다.

따뜻한 미소는 마음을 비추는 등불이다. 그 빛은 타인에게 기쁨을 주며 희망과 안정감을 준다.

대인 관계에서 첫 인상은 상대의 마음 속에 오래도록 남아 있다. 적극적인 자기 표현을 하고자 한다면 항상 최고의 것에 눈을 두고 최선을 다해야 한다. 그러면 그것이 적극적인 자기 표현으로 나타난다.

주위 사람에게 부탁을 할 때는 한 번쯤 심사숙고해 본다

악은 싹이 트고 꽃이 피나
씨는 맺지 못한다.
_로우얼

　직장에서의 전달 수단은 매우 중요한 기능이다.

　사무실에서의 업무 보고나 전달은 가정보다 잘 될 것이라고 생각할지 모르지만, 실제로는 그렇다고 단언할 수 없다.

　모처럼 완성된 기획이나 상대가 바라고 있는 기대감에 못 미치는 일을 지금까지 얼마만큼 경험해 온 것일까. 몇 번이나 나의 의도와는 다른 일이 지루하게 반복되어 온 것은 아닐까.

　내 자신은 물론 상대의 어리석음을 탓하기 전에 처음으로 청탁받은 업무 지시사항이 무엇이었던가를 다시 한 번 생각해 보기 바란다. 얼마나 명확하게 업무 파악을 했으며, 시작 전에 명료하게 자신의 의사를 전달하지 못한 것은 아닐까. 혹은 전달 방법이 확실하지 못했던 것은 아닐까.

　분명히 기억해 두기 바란다. 상대에 따라서 업무내용을 제대로 파악하지 않고 접수하거나 전혀 다르게 전달 받는 경우가 의외로 많다.

　의뢰하는 쪽이나 받는 편이 다 같이 서로 이해하고 있는 지, 조금이라도 의심이 갈 때는 업무가 끝난 뒤보다는 그 전에 오해와 잘못된 점을 해결하도록 노력해야 된다. 의뢰 내용을 상대에게 반복시키는 예도 좋은 방법이다.

일에 착수하기 전에 잠시 동안만이라도 여분의 시간을 쪼개어 면밀하게 내용을 점검해 보았더라면 잘못 전달되어 시행착오를 저지르는 몇 시간, 몇 주간이 걸린다고 하는 어이 없는 시간 낭비는 하지 않았을 것이다.

무엇보다도 중요한 것은 지시하거나 의뢰한 작업결과가 전혀 다른 방향으로 나타났다면, 상대에게 무엇이 잘못되었는지 명확히 지적해 주어야 한다. 자기 혼자만 알고 정정하게 되면 상대는 같은 실수를 반복하게 되어 당신의 시간을 계속 낭비시키는 결과를 가져온다.

의뢰한 내용에 서로 다른 견해를 가지고 있다면, 그것을 납득시키는 범위 내에서 잘못된 점을 지적해 주고 의견을 말해 주어야 하며, 의뢰한 서류에 요구한 부분이 빠져 있을 경우라면 자기가 무엇을 중점으로 처리했는가를 설명하고 상대의 능력이나 인격에 대해서는 절대로 언급해서는 안 된다.

전자의 경우는 생산적이지만[이런 것을 구태여 말할 필요가 있는 것일까], 후자에서는 적의를 느낀 나머지 오히려 고의적으로 많은 시간을 지연시킬지도 모른다.

의사소통이 원활히 진행되지 않는 것은 한 개인의 관계만이 아니다. 직장 내에서도 부서와 부서 간에 업무 협조가 충분히 전달되지 않고 있음을 흔히 볼 수 있다.

교육자료 기기회사에 근무하는 잭 프리스도 그런 경우로 시간을 빼앗긴 희생자 중의 한 사람이다.

"서로 시간을 낭비하고 있는 셈이지요. 의사전달이 명확치 않았기 때문에 부서 간에 이중으로 똑같은 일을 하고 있음으로 해서 회사에 불이익을 가져다준 결과를 초래했지요. 때로는 윗사람까지도 말입니다. 그러므로 현재 어떤 일을 하고 있는가를 개방하면 좋을 것이라는 생각이 들 때가 많아요. 전달해야 할 사항을 분명하게 전하지 않았기 때문에 더 유효하게 쓸수 있는 시간을 낭비하고 있는 경우가 많다고 봐요."

만약 당신이 부서 간의 의사소통에 직접적으로 관여하고 있는 직위를 가진 관계자로서 막연히 부하직원이 알고 있으려니 생각하고 새로운 일에 착수하면 틀림없이 차질을 가져올 것이다. 확인하지 않고 혼자만의 판단으로 업무를 처리할 때 일어나는 헛점이 될 수도 있다.

기획실에 근무하는 프리스의 경우 4주간을 소비해서 세운 기획이 다른 부서의 직원들이 특별보조금을 받고 더 많은 시간을 들여서 완성된 기획물이었다는 사실을 알고 났을 때 과연 어떠했을까를 생각해 볼 일이다.

그러므로 자기 책임 하에서 진행시키는 일이라면 보다 깊은 관심을 가지고 업무내용을 파악할 필요가 있는 당사자에게 반드시 협조를 구하거나 미리 알려줄 일이다.

모든 업무 지시는 문서로 하라

인생은 고통이며 공포이다. 그러므로 불행하다.
그러나 인간은 이 순간에도 인생을 사랑하고 있다.
그것은 고통과 공포를 사랑하기 때문이다.

_도스토예프스키

중요한 업무 지시는 문서로 전하는 편이 구두로 전달하는 것보다 더 정확하게 내용을 책임지울 수 있다.

말의 유효한 장점은 사용한 낱말의 어감이나 느낌에서 받는 영감이 정확할 때가 있다. 그러나 지시사항을 서면으로 전달할 때의 포인트는 간단명료하고 알기 쉽게 써야 한다.

말이란 받아들이는 상대에 따라서 의미가 달라진다는 사실을 염두에 두면 자연히 정확한 말을 선택하게 될 것이다.

예를 들면,

'오늘 중으로 보고서를 낼 것.'

메모지에 써서 건네주면 상대는 퇴사 시간 전까지 업무보고를 끝마치지 않으면 안 된다고 마음을 가다듬는 것은 당연한 일이다. 3시 반에 회의가 있다고 하면 업무지시를 받은 사람은 '오늘 중'을 3시 반으로 판단하고 있을지도 모른다.

개인적인 메모는 상품 구매, 의뢰 문건을 글자로 표현할 때는 요점을 분명하게 써야 한다. 이러한 습관은 자기 자신은 물론 상대에게도 시간 절약에 도움이 된다. 이럴 경우 비즈니스 용어를 쓰면 더욱 효과를 거둘 수 있다.

지시 사항을 썼으면 수정하고 보완할 곳은 없는 지, 내용이 불분명한 부분이 없는 지를 다시 읽어본다. 두 번 이상 반복해서 읽어야 할 경우도 있을 것이다.

단도직입적으로 요점을 찌르는 문장을 통해 회의석상이나 미팅 시간까지도 단축시킬 수 있는 요령을 터득할 수 있다.

그러므로 토의 내용은 누가 무슨 일을 하기로 예정되어 있으며 마감 날짜와 시간, 주의사항에 대한 기록을 팀원 전원에게 읽도록 하면 많은 도움이 될 것이다. 오해가 있을 경우 업무상의 착오를 미연에 정정할 수 있다.

모든 물건을 제자리에 두어라.
모든 일을 제때에 처리하라.

혼자 있고 싶은 시간은 이렇게 확보한다

자신이 하는 일에 신념을 갖지 않으면 안 된다.
그리고 누구나 자기가 하는 일이 좋다고 굳게 믿으면 힘이 생기는 법이다.
_괴테

여성은 자기 의사 표현을 제대로 나타내지 못하는 큰 결점을 가지고
있다.

아트란터 화랑 주인 한셀은 자신의 시간을 방해하는 주된 요인은 예고
도 없이 '내방자가 찾아와 자신이 업무 중이라는 사실'을 눈치 채지 못하고
있기 때문이라고 단호하게 말한다.

그런 경우 '지금 하지 않으면 안 될 긴요한 일이 있으니까, 나가 달라'는
말을 어떤 방법으로 상대에게 전달하면 좋을 지 몰라 주저하게 된다는 것
이다. 그러나 용기를 내서 말하면 목적을 이룰 수 있다.

"실례의 말을 하는 저를 이해해 주시기 바랍니다. 지금 일을 하지 않으
면 업무에 지장이 있어서 그러는데 미안하지만, 다음 기회에 다시 방문해
주셨으면 고맙겠습니다."

그러면 상대는 곧 일어나서 나가 버린다. 물론 화를 내거나 불쾌한 표정
을 짓는 사람은 거의 없을 것이다.

엘리베이터 회사를 경영하고 있는 맥도날드는 최근 사원을 증원했다.

"새 영업 담당자를 고용하자마자 계약을 하는 자리에 함께 동행시켰지
요. 내가 가는 곳이면 그림자처럼 따라 다니게 했던 거죠. 물론 나 자신은

차츰 성격이 급해지고 새로운 아이디어도 떠오르지 않고 중요한 업무관계도 금방 잊어버리기 때문에 더 이상 발전이 없었어요. 이런 현상은 혼자 있을 시간이 없었기 때문입니다. 전날에 있었던 업무사항, 몇 시간 전의 사건을 분석해 볼 마음의 여유마저 없다는 데서 온 결과이죠. 그래서 난 그에게, '함께 차에 타고 있는 동안이라도 하고 싶은 이야기가 있으면 서슴없이 하세요.'하고 일러두었지요. 그 후부터 우리는 차 안에서 각각 자기가 할 수 있는 일거리를 처리할 수 있었습니다. 그런대로 효과가 있었지만, 그래도 역시 혼자 조용히 보낼 시간이 부족해서 다시 용기를 내어 말했습니다. '너무 무리해서 많은 말을 할 필요는 없어요. 나 역시 조용한 시간을 갖고 싶어하니까요.'하고 말해 주었지요."

그녀는 내 의도를 충분히 이해해 주어 오히려 서로를 필요로 하는 사이가 되었다. 용기를 내서 말한 덕택으로 가까운 동료로 변신할 수 있었다.

맥도날드와 같이 상대편을 두려워하지 말고, 자기의 생각을 있는 그대로 전달하면 새로운 관계가 이루어진다. 어쩌면 상대방도 자신의 생각을 표현하지 못하고 있었는지 모른다.

지금 하고 있는 일에 불만이 있으면 확실하게 말한다

건강한 육체는 영혼의 객실이요,
병약한 육체는 그 감방이다.
_오스카 와일드

좋은 기획을 가지고 있다면 자기의 생각을 윗사람에게 명확히 전달하는 것이 무엇보다 중요하다. 일의 양이 감당할 수 없을 만큼 과다하다면 기한 내에 완성하지 못해서 당황하기 전에 윗사람과 상담하여 일의 양을 줄이는 것이 올바른 비즈니스맨의 사고방식이다.

반대로 책임 있는 일을 더 건네 받고 싶다면, 그 취지를 상사와 의논하여 승낙을 간청한다면, 그런 상신을 받은 상사는 당신의 능력에 깊은 관심을 가지게 될 것이다.

이렇듯 정확한 의사전달은 시간관리를 운영하는 중요한 출발점이다. 그러나 함께 일을 하고 있는 사람과 잘 협조를 취하지 않으면 헛된 삶의 전쟁을 되풀이하게 된다.

커뮤니케이션을 조화롭게 함으로써 얻게 되는 중요한 소득은 다음과 같다.

▌어드바이스(advice)
• 설명하지 않아도 상대가 이미 알고 있을 것이라고 판단해서는 안 된다. 당신의 마음 속을 읽는 사람은 없다.

- 가족이나 동료의 입장에서 자기를 살펴본다.
- 복잡하게 설명하지 말고 자기가 요구하고 있는 사항, 기대하고 있는 이유를 간단명료하게 말한다.
- 단념하지 말고 자신의 생각을 소신껏 전달한다. 단념은 포기하는 것과 같다.
- 자신이 의뢰한 것이 명확히 전달되었는가를 확인한다. 의뢰를 받은 측도 마찬가지이다.
- 서로의 업무 파악이 잘못되어 일의 내용 가운데 어느 부분에 오해가 있었는가를 설명하고 쓸데없는 잔소리는 피하는 것이 좋다.
- 자기의 책임 범위 내에서 어떤 일이 진행되고 있는지를 파악하고, 그 것을 필요로 하는 당사자에게 명확히 전한다.
- 상사에 대해 너무 두려워하지 말고, 요구하고 싶은 사항이나 건의하고 싶은 내용이 있으면 확실하게 말한다. 이럴 경우 비로소 커뮤니케이션은 성과를 얻을 수 있다.

♥ 자기 자신을 위한 자유 시간을 만든다

그대가 얻고 싶은 것을 남이 가졌거든
남이 그것을 얻기에 바친 노력만큼 그대도 노력하라.

_힐티

"자기 자신을 위한 시간이 있느냐?"

여성들에게 물으면 한결 같이 입을 모아 숨이 가쁘게 대답한다.

"나를 위한 시간이라고요? 어림 없는 소리 말아요."

실제로 많은 여성들이 자기만의 시간을 거의 단념하거나 체념 상태에 빠져 있다.

'자기의 시간'이란, 어떤 사람에게 있어서는 자신의 일하는 시간일지도 모른다. 아니면 격주 일요일을 편안한 마음으로 침대에 누워 지내는 시간이라고 단호하게 말하는 여성도 있을 것이다.

물론 자기가 좋아하는 취미생활을 즐기는 여가시간이라든지, 일을 하면서 즐긴다는 그것이 바로 자기의 시간이라고 말할 수 있을 것이다.

자기가 즐기는 일을 적절히 하던가. 하루 종일 침대에서 지내던가 하는 행위는 타인에게 '자기의 시간'이 아니므로 상관할 필요가 없다.

하지만 자기가 하고 싶은 일은 바로 이것이라고 스스로 선택하는 것과, 타인의 강요에 의해 받아들이는 것과는 다르다. 그것을 잘못 이해하거나 혼동해서는 안 된다.

불평의 모래를 아낌없이 버리자

당신의 어려운 사정을 솔직하게 글로 써 본다. 1년 동안 계속 써서 모아 보면 틀림없이 거대한 리스트가 될 것이다. 이를 모두 고통의 문제라고 쓰여진 쓰레기통에 던져 버린 다음에 괴로움의 알맹이를 진솔하게 관찰해 보라. 그러면 어떤 중대한 사실을 발견하게 될 것이다.

일이 제대로 풀리지 않는 경우에 토로하는 불평의 씨앗이 도처에서 화합의 싹을 틔울 때 당신을 가치 있는 인간으로 가꾸어 준다. 인격의 그릇이 크면 클수록 많은 어려운 문제를 처리하여 담을 수가 있는 것이다.

일에 끌려가지 말고 일을 이끌어라.

♥어느 누구도 당신의 시간을 만들어 주지 않는다

최상의 것을 기대하라. 최악의 경우를 대비하라.
오늘 주어진 것을 그대로 받아들여라.
_지글러

옛날부터 희생적으로 남을 돌보는 일에 평생을 보내온 여성들은 자기 자신에 대한 보살핌은 스스로 하지 않으면 안 되었다. 가족들 중에 누군가가 대신해 줄 수 없었기 때문이다.

내가 알고 있는 행복한 사람들이란, 가끔 또는 정기적으로 자기에게 시간이라는 선물을 만들어주고 있는 사람이다.

자기의 몫은 언제나 뒤로 돌리고 가끔씩 일주일, 한 달, 일 년의 마지막 여가시간을 자기를 위해서 사용한다는 사람, 무엇보다 자기의 시간을 가지는 일에 죄책감을 느끼고 있는 사람은 행복해 보이지 않는다.

"속담에도 있지요. 일이 생각대로 안 풀리고 매사가 불만족스러울 때는 집안에서도 불쾌한 시간을 보내게 되지요."

하고 말한 사람은 도리스 모스 박사였다.

"어떤 일을 해도 만족감을 느끼지 못한다. 그러나 하고 싶은 일을 할 때는 즐거운 마음을 가질 수 있다. 오히려 일에 열중할 때 피로를 잊을 수 있으며, 벅찬 업무량을 끝내고 귀가하면 다소 피로에 젖어 있다 하더라도 기분은 상승되어 자신감을 가질 수 있었다. 오늘은 좋은 하루였다고 실감하기 때문이다. 그런 기분으로 지내는 편이 불만족스러운 생각으로 지내는 날보다 훨씬 즐거운 가족과의 유대감을 느낄 수 있었다.”

루즈벨트 대통령의 휘파람

세련된 유머를 잘 구사했던 루즈벨트 대통령은 재임시절에 단 한 번도 초조해 하거나 낙담하지 않은 것으로 유명하다.

다음은 어느 신문기자와의 대화 내용이다.

“걱정스럽다든가 마음이 초조할 때는 어떻게 마음을 가라앉히십니까?”

“휘파람을 붑니다.”

“그렇지만 대통령께서 휘파람 부는 것을 들었다는 사람이 없던데요?”

“당연하지요. 아직 휘파람을 불지 않았으니까요.”

자신을 다슬릴 수 있는 사람이 가장 강한 사람이다.

자신의 일을 우선 사항에 둔다

훌륭한 사람은 모든 것을 버리고
그 중에서 단 하나를 선택한다.

_헤라클레이토스

첫 질문으로 다시 돌아가 보자.

어떻게 자신의 참다운 자아를 발견할 것인가 하는 물음에 대한 답을 하루의 계획 속에 처음부터 짜 넣지 않으면, 결코 나만의 시간은 찾아오지 않는다는 점이다.

많은 성과를 올리고 있는 여성은 예외없이 두 가지 요소를 함께 갖고 있음을 알 수 있다.

하나는 자기 일에 대한 예정을 짜 넣는 것, 다른 하나는 그것에 대해서 마음이 위축되지 않는다는 것이다.

'나보다 더 중요한 일은 없다.'고 신념을 갖고 있는 여성은 청소대행업을 경영하고 있는 로즈 마리였다.

"현재는 물론 앞으로 나에게 정신적인 정서와 건강보다 더 중요한 것은 없다. 무엇보다도 나에 대한 감정의 다스림을 중요시하겠다. 자신의 정신 상태가 좋지 않으면 다른 일도 순조롭게 이루어지지 않는다. 그러므로 나만의 여가를 필요로 할 때는 그에 알맞은 시간을 만든다. 주저하거나 다음 기회로 미루어서는 안 된다. 나에게 꼭 필요한 시간이므로 스스로 만들지 않으면 다른 일도 뜻대로 진행되지 않기 때문이다."

'자기 자신을 먼저 생각함을 치명적인 죄악이라고 의식하고 있는 여성이 의외로 많음에 놀랐다'고 말한 사람은 그룹슨 유통 회사의 공동출자자인 로즈 그룹슨이다.

"그런 태도는 잘못된 자기 비하입니다. 병원의 침대에 누워서 나 자신의 삶을 돌이켜볼 수 있었다는 것은 무척 다행한 일이었습니다[그녀는 11년 전에 큰 수술을 받았다]. 지금까지 살아온 삶에 있어서 가장 중요한 부분이 내 자신이라는 사실을 깨닫게 되자, 그 다음에는 모든 일을 거스르는 일없이 평온한 마음으로 행할 수 있지요. 이렇듯 자기 사랑에 열중하고 있는 사람이면 남을 위해서 무엇이든지 희생할 수 있는 넉넉한 마음을 갖고 있다고 봐야겠지요. 여성은 자기를 희생하도록 교육 받아온 것이 더 큰 문제입니다."

나를 위해 내일을 준비한다

창조적인 삶은 내일을 위해 준비하고 계획하는 삶이다. 저녁이 되면 오늘 하루는 끝이 나고 내일이라는 새로운 날을 맞이하게 된다.

내일은 보람 있는 날이다. 그러나 내일이 보람한 날이 되기 위해서는 오늘 많은 준비를 해야 한다.

내일을 보람 있는 날이 되기 위해서 오늘 얼마만큼 노력을 했는가? 보람 있는 날이 되도록 하기 위해서 어떤 목표를 세웠는가?

내일을 위해서 오늘 최선을 다하라. 만일 어제가 실패한 하루였다면, 내일을 위해서 오늘 최선을 다하지 않으면 안 된다. 그것이 곧 내일을 위한 준비다.

자기의 시간을 갖기 위해서는 죄책감을 버려야 한다

왕국을 통치하는 것보다도
가정을 다스리는 쪽이 더 어렵다.
_몽테뉴

"자. 봐요, 난 이렇게 당신들의 희생물이 되고 있는 거예요."

자기 자신을 생각하고 있지 않다고 해서 직장 동료나 가족들에게 감정적인 태도를 취하는 행동은 자기 중심적이라고 말할 수밖에 없다.

물론 자기 중심적으로 생활하면서 인생을 즐기는 사람은 없을 것이다. 그와 같은 사고방식은 자기 연민이며 극단적으로 표현한다면 잘못된 순교자와 같은 정신착란으로 취급 받을 것이다.

자신에 대해 적극적으로 생각한다는 것은 자기를 위한 바람직한 정서이며, 주위 사람들을 위하는 배려도 된다. 이와 같이 자기의 시간을 발견하려면, 시간관리의 기본을 실행에 옮겨야 한다.

▌어드바이스(advice)

• 주위 사람들과의 커뮤니케이션을 조화시킨다.
• 완벽주의를 지양하고 가능한 범위 내에서 문제를 해결하도록 노력한다.
• 때로 직장이나 가정에서 하지 않으면 안 될 일을 타인에게 맡긴다.
• 자기의 시간을 돈으로 환산해서 서비스나 상품으로 활용한다.

- "아니오"라고 말할 수 있는 확고한 신념을 갖는다.
- 시간을 낭비하는 원인을 발견하면 그 요인을 되도록 줄인다[그것은 예고없이 내방하는 손님에 의해서 자기의 시간이 방해를 받는다]. TV 앞에 매달려 있다. 미팅이 너무 많다. 그러면 예정 외의 사건이 속출하게 된다. 이로써 자기 자신의 예정이 정리되지 못한다.
- 개인의 네트워크를 이용한다.
- 기다리는 시간을 여유의 시간으로 활용하여 유효하게 쓰도록 한다.
- 매일매일 그날의 예정리스트를 작성하고, 그에 맞추어서 우선적으로 해결해야 할 것을 정한다.
- 생활 속에서 무엇에 가치를 둘 것인가를 정한다.

　그래도 아직 '자기 시간'에 대한 죄책감을 느끼고 있다면, 로즈 마리의 말에 귀를 기울여 볼 일이다.

　"주저함을 느끼지 않으려면, 노력도 필요하고 시간도 걸릴 것이다. 그 죄책감으로부터 해방되려면 무엇보다도 자기 자신과 싸우지 않으면 안 된다. 다른 어느 누구도 도와주는 사람은 없다는 사실을 기억해 두어야 한다."

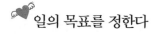
일의 목표를 정한다

내일을 위한 최선의 준비는
오늘의 일을 가장 훌륭하게 하는 것이다.
_오슬러

   당신이 일을 가지고 있으면 그 목표를 정하는 것이 무엇보다 중요하다.
확고한 목표가 정해지면 여러 가지 역학적인 마찰을 되도록 적게 해서 각
각의 역할이 순조롭게 완성하도록 조정하고 거기에 맞는 길을 닦을 수 있
는 계기를 마련할 수 있다.

   당신의 목표는 돈을 버는 일인가?
   당신의 목표가 돈을 버는 일에 있다면, 그것을 방해하는 당신의 약점을
찾아 내서 없애야 한다. 조급하게 결말을 보려는 성급한 사람이 돈을 벌려
면 우선 인내하는 끈기부터 길러야 한다.
   인내력을 가지고 성취 의욕을 기르면 얻고자 하는 것을 가질 수 있다.
일이 잘 되지 않는 곳을 살펴보라. 그러면 왜 그 일이 안 되는가를 깨닫게
될 것이다.

일에 대한 욕망이 강력한 무기가 된다

무슨 일을 하던지 시작을 조심하라.
처음 한 걸음이 미래의 일을 결정한다.
_레오나르도 다빈치

　직장을 가지고 있는 여성에게 지금의 지위를 어떻게 얻었느냐고 질문하면 대개는 이렇게 대답한다.

　"우연히……"

　"운이 좋았다."

　"그 일이 나에게 적합하다고 생각했기 때문이다."

　"좋은 시기에 알맞은 직업을 발견했을 뿐이다."

　이 말은 진정한 대답이라고 보아야 할 것이다.

　직장에 진출해 있는 대다수의 여성은 비교적 가벼운 일에 급료를 받는다는 것을 고맙게 생각하고, 거기서 실마리를 얻어 재취업을 계속해 온 것 또한 사실이다. 가끔 흥미를 갖는 분야에서 일을 시작했을 때는 남성들 못지 않는 성취감 속에서 다른 일거리를 찾는 여성도 있었다.

　그러나 오늘날의 여성들은 일을 가지는 것을 자신의 인생에 있어 은혜스러운 혜택이 아니라 당연한 권리라고 생각하기에 이르렀다. 이미 손에 들어온 것만 가지고 만족할 단계는 지났다고 보아야 한다.

　자기가 실행한 일의 댓가로 어떤 지위에 오르고 싶은가, 어느 정도의 수입을 원하는가, 사회 어느 분야에서 공헌하고 싶은가, 그러나 확실한 의식

구조를 가지게 된 것이 오늘날의 여성이다.

막연하게 찾아올 운을 기다리지 말고 일에 대한 전략을 생각하고 계획을 세워 열정적으로 일에 착수해야 한다. 기다림만으로 큰일을 할 수가 없다. 뚜렷한 삶의 청사진이 없으면 그 목표를 향해서 돌진할 길이 없는 것이다.

그러므로 자기의 인생에서 무엇이 중요하며, 우선적으로 하고 싶은가를 염두에 두고 차근차근 생각해 보아야 한다.

가령, 결혼을 하고도 계속 직장에 다니고 있는 여성이 그 시점에서 가정을 우선적으로 하고 싶다는 계획을 가지고 있다면, 조급하게 직장 일에만 주력할 필요가 없다.

루바인은 가정과 직업소개소를 동시에 구축한 여성이지만, 그 일이 가능했던 것도 자기가 우선하고 싶은 일에서 눈을 떼지 않았기 때문이다.

가정과 비즈니스를 궤도에 올려놓는 일이 그 당시의 목표였으므로 직접 관계가 없는 책임이 작은 일부터 손을 뗀 것이다. 즉 직장에서도 부하직원에게 보다 많은 책임을 주어 일에서 한 걸음 물러날 수 있었다.

당신은 5년 후에 무슨 일을 하고 싶은가?

누가 가장 영광을 얻은 사람인가?
한 번도 실패하지 않은 사람이 아니라
실패할 때마다 조용히, 그리고 힘차게 일어나는 사람이 영광을 얻는다.
_골드 스미스

우선 사항이 결정되었으면, 다음과 같은 질문을 하면서 일의 목표를 정해 나간다.

'5년 후에 무슨 일을 하고 싶은가?'

이에 대한 답을 써 보기 바란다. 한 가지 또는 몇 가지를 동시에 써 봐도 좋다.

목표를 달성할 수 있는 시간의 범위에 대해서는 자기 자신이 처해 있는 상황을 정확하게 파악해서 현실적으로 가능한 방법을 선택한다.

5년 후의 목표를 분할하여 취급하기 쉬운 시간의 범위를 단위로 생각해 보는 것도 한 가지 좋은 방법이 될 것이다.

'5년 후에 ○○을 하기 위해서는 2년 동안 무엇을 하지 않으면 안 된다.'

이와 같이 목표를 분할하는 데는 다음과 같은 이점이 있다.

• 5개년 계획의 목표를 달성하기 위해 분할된 기한이 현실적인가 아닌가를 파악할 수 있다.

• 한 단계씩 목표를 향해 가는데 집중할 수 있다.

• 작은 목표라도 중요시하게 되고 우선 순위와 부합되는 지 어떤 지를 확인할 수 있다.

• 진정한 '작은 한 걸음'이 실천 가능한 지, 달성할 수 있을 지, 아직은 불분명한 5개년 계획을 향하여 실행 가능한 행동으로 나누어서 진행시킬 수 있다.

이와 같은 질문을 계속하면서 다음 목표를 향해 나간다.

'1년 이내에 완성할 수 있는 일 중에서 가장 중요한 부분은 무엇인가?'

'6개월 이내 어떤 계획이 가능한가?'

'2개월 동안 우선 순위 1위가 되는 항목은 무엇인가?'

가난은 계획이 필요 없다

가난과 부는 흐름이 바뀌는 물줄기와 같다. 그러므로 모든 사람들은 이 인생의 물줄기의 존재를 알려고 매달린다.

때로 그것은 인간의 사고(思考)를 통해 이루어질 수 있다. 그 사고의 적극적인 감성은 행운을 수반하는 물줄기의 한부분으로 나타난다. 소극적인 감정은 가난으로 떨어지게 하는 지류를 이룬다.

그러므로 부가 가난을 대신할 때, 그 변화는 계획을 잘 세워 주의 깊게 수행함으로써 일어난다. 하지만 가난은 아무런 계획도 필요로 하지 않는다.

목표한 지점에 도착하기 위한 지름길

성공한 사람은 자기가 할 수 있는 일을 한 사람이다.
그러나 평범한 사람은 할 수 있는 일은 안 하고 할 수 없는 일만 바라는 사람이다.
_로망 롤랑

전체 계획이 수립되었으면, 다음은 그것을 수행하기 위해 작성한 리스트의 우선 순위를 따라가면 된다. 이미 목표를 달성하기 위한 하루하루의 일정표가 작성되어 있으므로 무리없이 진행하면 된다.

대개의 여성은 계획이나 행동 리스트를 작성하는데, 저항감을 느끼고 있다는 맥락에서 목표를 정하는 일에도 우물쭈물하거나 망설인다.

'몸을 움직일 수 없다.'고 미리 걱정한다. 또 시간 내에 목표를 달성하지 못할 것이라는 불확실함에 두려워하기도 한다.

그와 같은 불안감에 대하여 맹렬 여성 마크는 말하고 있다.

"목표라고 하는 신기루는 끝이 없고, 나만의 독특한 빛깔이다. 흔히 자서전에 써 있듯 5년 후에는 셀 석유회사의 부사장이 될 것이라는 막연한 소망이 아니다. 내가 꼭 되고 싶은 것은 가장 우수한 전문직업인이 되는 일이다. 내가 거주하고 있는 지역에서 1위, 좀 더 큰 포부는 주(州) 내에서 1위까지도 되어보겠다는 희망 사항이다.

즉 그 분야에서 일류가 되는 것이 목표인 것이다. 이런 목표는 막연하므로 언제까지나 노력을 계속하지 않으면 안 된다. 일생 동안 노력하고 싶다."

그 기분을 모르는 것은 아니지만, 목표를 정하고 하루하루의 계획을 세운다는 것은 방향을 지시하기 위한 것이지, 다른 일을 해서는 안 된다는 뜻은 아니다.

확고한 목표를 향해서 끊임없이 노력하고 있는 편이 언제 올지 모르는 행복을 막연하게 기다리고 있는 것보다 목표에 도달하기에 훨씬 빠르고 쉬울 것이다.

도중에 예기치 않는 사건이 돌발해서 마음이 흔들리면 그것에 의해 목표를 수정할 때가 온 것이다. 이에 두려워할 필요는 없다.

셀 휴우는 서해안으로 생활 터전을 옮기면서 교사직을 얻기 위해 많은 노력을 기울였다. 즉 교사직을 얻는다는 것이 그녀의 목표였던 것이다. 그러나 그녀가 실제로 얻은 직업은 교사가 아니라 자기의 경력을 살린 독립된 기업전문인이었다.

목표는 그때그때의 필요에 따라서 변경될 수 있다는 것을 보여주는 한 예다.

정기적으로 목표를 재검토한다

성공하면 조금 배울 수 있고
패배하면 모든 것을 배울 수 있다.
_매튜슨

목표의 재검토는 불가결한 일이다. 재검토를 하지 않으면 하나의 목표를 일사불란하게 추구한 나머지 다른 기회를 놓쳐 버릴 위험도 있다. 그와 같은 점을 염두에 두고 재검토를 점검해 보면 목표에 도달하지 못하는 것이 아닌가 하는 불안감을 느끼게 된다.

여성은 자기의 목표를 정하는데 익숙하지 못하므로 그 기한이 비현실적으로 나타나는 경우가 있다. 자기가 근무하고 있는 회사의 사장이 되고 싶다는 생각은 불가능한 일은 아니지만, 5년 후에 달성한다는 기한은 현실성이 없다.

자기의 목표를 재검토할 때는 다음과 같은 점을 살펴본다.

• 자기가 그 목표에 어느 정도 접근해 있는가.
• 자기 이외의 상황은 어떻게 되어 있는가를 살펴본다[회사의 방침, 최근의 구인 상황, 사내 인사 이동 등등].
• 현재 자기가 담당하고 있는 업무내용이 달라지고 있지 않은가?

이러한 점을 살펴보며 행동에 옮기면 기한이 재조정될 것이다.

자기 스스로가 정한 기한 내에 목표를 달성할 가능성이 없을까 염려한 나머지 연기하는 것은 부끄러운 일이 아니다. 오히려 기한 내에 해 보려고 너무 무리를 하다가 결국은 미치지 못하고 불행한 일에 직면했을 때가 더욱 비참한 것이다.

목표를 정하고 정기적으로 재검토해 보는 것은 매우 중요하다. 예기치 않은 사건에 의해 방침을 바꾸지 않으면 안 될 입장만으로는 충분치 못하기 때문이다. 작은 변화를 미처 파악하기도 전에 달리 진행되어서 방향을 바꾸는 일은 흔히 있다.

위대한 남자 뒤에는 위대한 여자가 있다

헨리 포드를 자동차 산업의 아버지라고 일컫는다면, 포드 부인이야말로 자동차 산업의 어머니라고 불러도 손색이 없을 것이다.

주위 사람들로부터 미친놈이라는 놀림을 받으며 낡은 헛간에서 최초의 달리는 수레(자동차) 발명을 지켜보며 용기와 격려를 준 사람은 아내뿐이었다.

그로부터 50년 후, 평소에 윤회설을 믿어온 포드는 이 다음 이승에 다시 태어나면 무엇이 되고 싶으냐는 질문에 다음과 같이 대답했다.

"내 아내와 같이 있을 수만 있게 된다면, 무엇으로 태어나던지 조금도 개의치 않겠소."

💗 자신의 직업을 위해서 우선적으로 해야 할 일

자식에게 돈을 물려주는 것은
저주를 하는 것이나 다름없다.
_카네기

'노력하면 달성하지 못하는 목표란 없다.'

경험이 없다는 이유로, 그 방면에 훈련을 받지 못했기 때문이라는 이유로 쉽게 단념해서는 안 된다.

여성은 자기의 경험을 최대한 활용하고 스스로 노력할 때 비로소 목표에 도달하게 된다. 무엇보다도 경험을 일에 적절히 연결시키면 많은 향상을 가져다 줄 것이다.

사실은 5년 동안이나 같은 직종에 종사하고 있으면서 '강습을 제대로 받아본 적이 없고, 학력조차 보잘것없어서 능력을 발휘할 수 없었다'라고 자신을 비하시키고 경험까지도 과소평가하는 경향이 여성들에게는 너무 많다.

경험, 훈련, 독서, 사람과의 교제, 일반적인 교양에 이르기까지 목적을 이루려면 활용해야 한다. 알고 있는 지식, 할 수 있다는 신념과 능력을 갖고 있다면 무엇이든 이용하고 발휘해서 원하는 바를 입수하면 된다.

목표를 세웠으나 번번이 실패를 거듭하던 세일즈맨 챠일드는 드디어 자신의 바램과 비즈니스 달성을 다 같이 이룰 수 있는 방법을 찾아냈다.

자기가 지금껏 훈련과 경험으로 터득한 비즈니스 지식을 늘리기 위해서

한 여성기업가 협회에 가입한 뒤 다른 멤버들과 함께 다시 목표를 세우기 시작했다.

"욕실 전문잡화를 취급하고 있으므로 미리 계획을 세우는 일이 필요하다는 점을 깨닫게 되었지요. 큰 시야에서 보지 않고서는 목표를 세울 수 없으니까 말예요."

자기의 목표를 세우는데 장애가 있거나 어려움이 따르면 다른 사람과 함께 시작해 보는 것도 하나의 방법이다. 많은 여성들이 목표를 정하려고 할 때는 하찮은 항목이 머리에 떠올라 방해를 받게 되는 경우가 있다. 하지만 사소한 것들을 과감하게 떨쳐 버려야 올바른 계획을 세울 수 있다.

방해물이 제거되면 목표에 도달할 수 있는 새로운 방향이 떠오른다. 그러면 우선 순위를 정하고 무리 없는 기한을 설정한다. 좀 더 원활하게 진행하려면 공적인 장소에서 같은 직종에 종사하고 있는 동료와 함께 의논하면 필요한 정보를 얻을 수 있다.

이와 같은 적극적인 자세를 취하면 혼자서도 모든 일을 결정할 수 있는 판단과 능력을 갖게 된다.

한편 행운이 다가올 것을 막연하게 기다리는 것보다 구체적인 것을 향해 노력하는 자기 향상과 스스로 세운 목표를 실현할 수 있다는 신념이 무엇보다도 중요하다.

목표를 결정했으면 온 정열을 쏟는다

바람과 파도는
항상 유능한 항해자의 편에 선다.
_에드워드 기번

가장 먼저 처리해야 할 항목을 결정했으면, 그 일을 행동에 옮겨 따라가면 된다.

이렇게 말하면 간단한 일처럼 될지 모른다. 그러나 몇 가지를 동시에 해결해야 할 일이라면, 어떻게 그 순위를 정해야 되는 것일까.

직장에서 업적을 올리는 일은, 자기의 목표를 달성하기 위해서는 절대 필요하다. 한편 주말을 혼자서 지낸다는 해방감은 자신의 건강과 행복을 위해서 빠뜨릴 수 없는 소중한 시간이다. 그렇다면 그 중에서도 어느 것을 가장 우선적으로 실행에 옮기면 좋을까.

무엇을 우선적으로 해결하지 않으면 안 된다는 일반론은 없다. 어느 정도까지는 그 사람이 어떤 삶의 방식을 선택했으며 살아왔는가 하는데 포인트가 달려 있다.

어느 경우에는 돌발적인 사건이 일어났을 때 비로소 명확해지기도 한다. 예컨대 당신에게 어린아이가 달려 있다면, 직장에서 최우선으로 해결해야 할 일에 매달려 있을 때 어린이집으로부터 전화가 걸려와 아이가 몹시 아프다는 연락을 받으면 하던 일을 중도에서 포기하지 않으면 안 된다.

그러므로 무엇을 먼저 할 것인가를 한 번 결정했으면, 그것이 끝이라는 불변은 있을 수 없다. 실제 상황은 예기치 않게 변화하고 있다. 새 아이디어가 떠오르거나 돌발적인 상황이 생기면, 이제까지 가장 중요하다고 생각하고 있던 것과 순위가 바꾸게 됨은 당연하다.

우물 안에 있되 우물 밖을 생각하라

성공한 기업들은 '세계화'를 어떻게 생각하고 있을까?

칼스버그 그룹의 플레밍 린델뢰프는 '최고의 국제적인 브랜드는 글로벌(Global+Local)브랜드'라고 말하였다. 세계적으로 생각하되 지역적으로 행동하라는 말이다.

그는 성장의 기호를 찾아 덴마크라는 좁은 나라를 벗어났다. 그에게 세계화란 '입맛과 기호가 덴마크와는 전혀 다른 지역에서 외국산 고급제품이라는 이미지를 심어 놓는 일'이다.

지역 특성에 맞는 제품을 효과적으로 광고하면서 외제품이라는 느낌을 최대한 살린 것이다. 그는 평소 "우물 안에 있되 우물 밖을 생각하라"는 말을 즐겨 사용했다.

목표가 달성될 때까지 용기를 잃지 말 것

스스로를 신뢰하는 사람만이
다른 사람에게 성실할 수 있다.
_에릭 프롬

무엇보다도 중요한 것은 주위 여건에 의해 변동이 일어나더라도 자기가 우선하고 싶은 것(하나뿐이 아니다)으로부터 절대 눈을 떼서는 안 된다는 점이다. 새로운 계획이나 업무가 주어질 때마다 다시 순번을 확인하고 추진해 나가야 한다.

나는 매일 밤, 다음 날의 예정된 업무를 살펴보며 우선 순위를 정하고 있지만, 모두를 실행할 수 있는 것은 아니다. 그 중에는 꼭 실행할 필요가 없는 항목도 있다.

그러나 나는 이제까지 중요한 항목은 잊지 않고 끝까지 실행해 왔다. 그러므로 우선 순위를 정하는 일이 시간관리에 있어서 중요한 첫 걸음임을 확인하고 있는 셈이다. 우선 순위를 정해 두면, 무엇이 중요한가를 한눈으로 파악할 수 있는 이점이 있다.

처음 이 일을 시작할 무렵 어떻게 이끌어가면 좋은가를 여러 가지 방법으로 시도해 보았다. 중요한 것부터 순차적으로 그렇지 않은 것까지 순번으로 매겨보기도 하고, 가장 중요하다고 생각되는 것만 따로 뽑아 병렬해 보기도 했다.

그러나 결국은 라킨으로부터 배운 'ABC 방식'으로 돌아왔다. 나에게 있어서 그 방법이 가장 간단하면서도 적합했기 때문이다.

한편 다른 방법으로 업무 진행을 파악할 수 있는 보고서를 이용하기도 했다. 그 이유는 지금 곧 하지 않으면 안 될 것인가, 오늘 중으로 하면 될 일인가, 혹은 하지 않더라도 어떤 문제가 일어나지 않을 것인가의 구별이 어려웠기 때문이다.

인간적 매력이 카리스마의 원천이다

카리스마적 리더십은 부하 직원들의 그들 자신이 기대하는 것 이상으로 성취하도록 고무한다. 경영자의 인격이 도덕적이라는 믿음에서 역동적 움직임의 중심을 이루기 때문이다.

가벼운 지갑은 마음을 무겁게 한다.

목표를 향하여 구체적인 스텝을 기록한다

인자하고 상냥한 태도, 그리고 사랑을 지닌 마음
이것이 사람의 외모를 아름답게 하는 힘이다.
_파스칼

우리들 여성이 '우선적으로 하고 싶은 것'의 대부분은 자기가 희망하고 있는 인생에 대한 가치관에 기초를 두고 있다.

가정에서의 최우선 목표가 가족관계를 향상시키는 일이라면, 눈앞의 우선 사항은 '저녁식사를 하는 동안 가족만의 시간을 즐기기 위하여 수화기를 잠시 내려놓는 일'이 될런 지도 모른다.

직업상의 최우선 목표가 '출세하는 것'이라면, 당장 시급한 사항은 '판매고를 올리기 위한 경영학에 나타난 판매 전략 코스를 조사하는 일'인지도 모른다.

그러나 하루의 일과표에 '가족관계의 개선'이나 '출세를 위한 항목'이라고 쓰는 사람은 없다.

한편 장대한 목표를 하루에 달성하겠다는 사람도 없을 것이다. 하루하루의 일과는 목표가 아니라, 거기에 도달하는 스텝을 써 나가는 일이다. 이렇게 시간을 나누어 단계를 거치는 순서를 정하면 목표를 향해 전진해 갈 수 있다.

💝 라킨의 'ABC 방식'을 이용하라

생각하는 것이 인생의 소금이라면
희망과 꿈은 인생의 사랑이다. 꿈이 없으면 인생은 쓰다.
_캐런 리튼

하루의 일과를 수행하는 동안 예정에 없는 일이 끼여들어 그날의 우선 사항을 대폭적으로 수정할 경우가 생길지도 모른다. 그 때문에 다소의 융통성이 필요하다는 말을 몇 번이나 거듭해서 강조해 왔다.

예컨대, 다음 주에 계획된 행사 준비를 하고 있는데, 상사가 내일부터 본사 감사가 시작된다는 전갈과 함께 그 대비를 하라고 지시했다면, 돌연 행사는 뒤로 미루어져서 순위가 바뀌게 된다.

리스트의 마지막 항목은 그날 처리에 불가능할지 모른다. 그러나 염려할 필요는 없다. 그것이 우선 순위에서 가장 낮은 업무 중의 한 가지라면, 오늘 안으로 꼭 처리하지 않아도 지장이 없을 것이다. 회계감사관에 낼 서류가 정리되었으면, 곧 행사 준비로 돌아가고, 그것이 끝난 다음 일에 착수하면 된다.

라킨의 'ABC 방식'은 지극히 간단하므로 리스트를 작성하여 실행에 옮겨보자.

리스트 항목 가운데 가장 중요한 것을 A, 다음으로 중요한 것은 B, 그다지 중요하지 않은 것은 C라고 표시한다.

이는 어느 정도 자기의 느낌으로 적은 것이다. 물론 이러한 선정은 불안정한 요소가 없는 것도 아니지만, 처음부터 우려할 필요는 없다. 새 항목이 들어오는 대로 서로 비교하고 반복하는 사이에 차츰 ABC가 확정된다. 자기의 능력에 따라 항목의 순서를 바꿔보는 것도 작업 능률을 향상시킬 수 있다.

시간을 유효하게 쓰기 위해서는 A를 가장 먼저 행하고 B, C는 뒤로 돌리는 것이 바람직하다.

하루에 이용되는 시간 범위나 긴급을 고려하여 A를 다시 분류해서 A1, A2, A3으로 나누어도 좋다. 그러나 판단에 혼돈이 올지도 모르므로, 그런 경우에는 '라킨의 질문'을 생각해 보면 도움을 얻을 수 있다.

'지금 이 시간을 어떻게 쓰고 있는가. 그렇다면 당신은 최선을 다하고 있는가?'

이 질문을 반사적으로 활용하여 우선 순위를 정하고 난 다음 불필요한 항목이 있다면 삭제하고 정리해 보면 하루에도 몇 번이나 반복되는 작업을 규칙적으로 원하는 시간에 처리할 수 있는 방향을 제시해 준다.

A에서 C까지 순위를 결정한 다음 깨끗이 정리된 리스트를 봄으로써 우선적으로 해결하지 않으면 안 되는 업무를 한 눈에 파악할 수 있다는 장점을 보여줄 것이다.

💜 목표를 위한 계획이라면 경우에 따라서는 바꿔도 좋다

사람은 정상에 오를 수 있지만
거기에서 오랫동안 살 수는 없다.
_버나드 쇼

　은행 지점장 대리를 맡고 있는 린다 코우는 ABC 방식을 도입한 이래 시간을 적절하게 나누어 쓰는데 많은 도움을 받았다고 감탄한다.

　"평상적인 업무를 지혜롭게 대처할 수 있지요. 그러나 한 번에 많은 업무량이 밀어닥치면 누구나 당황하게 됩니다. 이럴 경우 잠시동안 업무를 미루어 놓고 조금 뒷전에 서서 당사자라기보다는 방관자로서 자기를 관찰해 보라고 말하고 싶군요. 비교적 냉정한 마음으로 처음의 상태로 돌아가서 다시 생각할 수 있는 여유를 갖게 되죠. 한 번 이용해 보세요."

　교사 리즈 울프는 우선 순위가 정해 있어도 가끔 순서를 바꾸는 것이 중요하다고 말하고 있다.

　"나는 대개 그날의 계획은 아침에 만드는 습관을 가지고 있답니다. 그날에 절대로 하지 않으면 안 될 항목을 3개나 4개쯤 메모해 가지고 하루 종일 가지고 다닌답니다. 귀가했을 때는 무엇을 하지 않으면 안 되는가를 되풀이해서 생각한답니다."

　울프는 자기에게 맞는 방법을 고안하여 리스트를 만들어, 우선 순위를 정하고 그에 의해서 일을 처리하고 있음을 알 수 있다.

　'오늘의 리스트에서 아무래도 빼지 않으면 안 될 항목이 있다면 무엇

일까?'

라킨이 제시하고 있는 방법과 내 질문이 놀랄 만큼 근사한 점은 주어진 시간 내에 완성하지 않으면 안 될 가장 중요한 항목을 정할 때 위력을 발휘하고 있다는 점이다.

"하고 싶은 일을 모두 할 수는 없다. 그러므로 가장 좋은 방법이란 선택이다."

이 말은 울프의 결론이다.

도리스 모스 박사는 또 다른 관점을 제공해 주고 있다.

"고의로 순서를 바꾸어도 상관 없다. 왜냐하면 도저히 해결할 수 없는 불가능한 일도 있기 마련이다. 결과적으로 비생산적인 지시사항, 그 일을 하지 않음으로서 오히려 자기의 마음이 편해지고 주위 사람들에게조차 유쾌한 기분으로 전환되는 것이라면, 그것을 이유로 회피해도 상관 없다."

사실 우리들은 우선적으로 하고 싶은 것을 하나 둘 선택한 다음에 다른 항목은 그다지 중요하지 않다는 핑계를 대고 그만둔다거나 연기한다. 확실한 이유가 있는 경우라면 더욱 그렇다. A1 리스트를 작성해도 모두 실행하기란 불가능하기 때문이다.

직장, 가정, 자기 자신, 이웃 사람들—우선적으로 하고 싶은 일이 무엇이건 간에 하루의 예정을 짤 때는 자기가 선택한 순위에 따라서 실천해야 한다.

그때 우선적으로 하고 싶은 일을 분할해서 달성 가능한 행동 리스트를 만들고, 그것들이 어느 정도 중요한가 일목요연하게 ABC 방식으로 순서를 매겨본다.

우선 순위를 매길 때는 다음 사항에 주의해야 한다.

┃어드바이스(advice)

• 가치 없는 일을 하고 있을 때도 장기적인 목표에서 눈을 떼지 않는다.

• 항상 ABC 순서에 따라서 중요한 일부터 차례로 실행한다.

• 가장 중요한 일부터 우선적으로 실행에 옮긴다.

• 판단하기에 어려움을 느낄 때는 '지금의 이 시간을 어떻게 쓰는 것이 가장 좋은가?', '만약 이 일을 하지 않으면 어떤 변동이 일어날까?' 자문해 본다.

• 자기가 우선적으로 하고 싶은 것을 과소평가하지 않는다.

나는 부지런함으로 모든 역경을 이긴다.

♥아침을 유쾌한 기분으로 맞이하고 있는가?

자기의 마음을 감추지 못하는 사람은
무슨 일이든 대성할 수 없으며 성공할 수 없다.
_칼라일

아침의 기분에 따라 그날의 생활 상황이 결정된다.

'아침은 언제나 조급하고 두서없이 바쁘기만 하다'는 사람은 일에 착수하기도 전에 집을 나설 때부터 일할 기분이 나지 않을 것이다.

반대로 아침은 언제나 평온하고 순조롭다는 사람은 하루 종일 좋은 기분으로 지낼 수 있다. 그런데 거의 모든 여성은 조용한 아침보다는 요란스럽게 보내는 것이 당연하다고 생각하고 있는 듯하다. 그러므로 시간관리를 하면 상쾌한 아침이 생산된다.

지레트 화장품 회사에서 이에 대해 설문조사를 했을 때의 일이다[3백명의 여성-미혼 여성, 주부 사원, 직장이 없는 엄마-를 상대로 조사해 본 결과 아침에 일어나서 남편이나 아이들, 자신이 집을 나설 때까지 어떤 시간을 보냈는가를 물었다].

많은 여성들이 아침에 아무런 준비도 세우지 못하고 집 안팎을 뛰어다닌다는 사실을 알았다.

아침이 싫다는 반감에 대한 해소 방법과 대책을 소개한다

인생은 하나의 경험이다.
경험이 많을수록 더 좋은 사람이 된다.
_에머슨

　　나의 경우 아침을 맞는 일이 짜증이 날 만큼 싫었으며, 잠자리에서 일어나서 거의 한 시간 동안은 아무 일도 하지 못하는 빈곤 상태에 빠져 있다. 이러한 아침 시간에 대해서 특별한 대책을 세우지 않을 수 없었다.

　　전날 밤에 다음날의 예정을 머리에 떠올리면서 일에 대한 준비를 해본다.

　　예를 들면, 강의를 할 예정으로 되어 있는 전날 밤은 서류가방에서부터 교재며 노트, 스크랩을 챙겨 넣기도 하고, 악세서리까지 포함하여 입을 옷까지 필요하다고 생각되는 물품을 준비해 둔다. 아침에 급히 서둘게 되면 잊어버리기 때문이다.

　　그 결과 당일 아침에 집 안에서 이리저리 뛰어다닐 필요가 없게 되었다.

　　물론 출근하는 도중의 일까지도 용의주도하게 생각해 둔다. 매일 아침 똑같은 일정이 계속 반복되는 것이 아니므로 계획은 반드시 전날 밤에 미리 세워두지 않으면 안 되었다.

　　퇴근 후에 집에서 손님을 초청하기로 약속되어 있는 날은 아침에 테이블 세팅을 끝내둔다든가, 또 강연 준비를 아침에 할 때는 전날 밤에 미리 계획을 세우고 필요한 자료를 갖추는 등 준비를 끝낸 다음에 잠자리에 드는 습관을 가졌다.

아침 시간은 여성에게 가장 바쁘면서 고독한 시간이다.

출근해야 할 사람이 예정도 세우지 않고 아침을 맞는다고 하면 집을 나올 때 이미 정신은 물론 육체적으로도 지쳐 있을 것이다.

이와 같은 상태라면 직장에서 하루 종일 불안한 마음으로 지내게 된다.

내가 지레트 회사 설문조사 때 만난 여성들의 대다수는 아침에 해야 할 일의 순서가 정해져 있다고는 하지만. 오전 중은 너나 할 것 없이 숨 돌릴 틈도 없이 바쁘다고 이구동성으로 말한다.

아침을 그렇게 바쁘게 보내고 있는 가장 큰 원인이 무엇인가를 한 여성에게 물어본 결과, 이렇게 대답해 주었다.

"더 이상은 생략할 것이 없었다. 모두 내가 하지 않으면 안 될 일뿐이다. 끊임없이 매일 반복되는 일이기 때문에 계획을 세우지 않는다."

이처럼 아침마다 반복되는 일을 단축시키거나 해방될 수 있는 방법은 없을까 일손을 멈추고 개선책을 생각해 보지 않기 때문에 습관적으로 반복되는 일과다.

"나에게 주어진 일과이므로……."

하고 분별없이 인정하기 때문이며, 여성은 현재 자기가 하고 있는 모든 것이 숙명적으로 주어진 일이라고 무조건 받아들이고 있다는데 더 큰 문제가 있다.

그러나 잠깐 일손을 멈추고, 식탁을 지금 치우지 않으면, 접시를 퇴근 후에 닦으면, 어떤 문제가 일어날 것인가?라고 한 번쯤 자문해 보기 바란다.

이렇게 스스로의 위치를 생각해 보면 여성의 아침은 필요한 만큼의 여유가 생길 것이고, 퇴근 후에도 무엇인가를 하고자 하는 에너지가 조금은 남아 있게 될 것이다.

깜찍하고 발랄한 여성의 의상 계획

돈은 많지 않지만 참으로 멋쟁이가 되고 싶은 당신을 위한 특별한 의상 계획은 어떤 것일까?

우선 유명상표의 옷에 의상비의 많은 양을 할애하라. 당신은 평일날이면 직장에서 8시간 이상을 보낸다. 따라서 당신이 멋지게 보이는 것은 결코 나쁘지 않을 것이다.

다소 여유가 있다면 계절마다 진하거나 혹은 중간 정도의 빛깔 스커트 한 벌과 바지 두 벌 아니면, 바지 한 벌과 스커트 두 벌을 구입하라. 두세 벌의 새 블라우스나 원피스를 갖추어 놓아라. 똑같은 두 벌의 스웨터를 구입하면 돋보일 것이다. 좋은 겨울 코트를 하나 마련하라. 이때 사람들은 아주 멋진 상태에 있는 당신을 보게 된다.

♥ 침대 정돈에 왜 신경을 써야 하는가?

자신이 맡은 일에 최선을 다하라
그렇게 할 때 최선의 이익이 돌아온다.
_지글러

아침마다 어머니로부터 늘 꾸지람을 듣는다.

'출근 전에 반드시 침대를 정돈해라.'

하지만, 침대를 그대로 버려둔 체 출근을 해도 아무 문제가 생기지 않는다는 사실을 깨달은 것은 몇 년 후였다.

방문을 닫을 무렵까지 집안을 정돈하지 않으면 안 된다는 습관과 그에 따른 미학美學이 속삭인다.

아침을 기분 좋게 보내고, 그것이 하루 흐름에 연결된다면 다소 접시가 불결해도 상관없다고 이성이 속삭인다.

아침이라도 자기의 신념대로 우선 하고 싶은 일에 자신감을 갖기 바란다. 침대를 정돈하는 일이 당신의 하루일과 중에서 중요하다면 그것부터 하면 된다.

그러나 그 일을 정하기 전에 '행동기록'에 써서 무엇 때문에 시간을 낭비하고 있는가를 체크해 보라. 그러므로 집을 나서기 전에 오늘 긴급하게 처리하지 않으면 안 될 사항부터 신중하게 선택한다.

아침을 맞는 시간이 충실한 인생을 창조한다

절망하지 마라. 열쇠꾸러미의 마지막에 달려 있는
열쇠가 자물쇠를 연다.
_체스터 필드

우리 여성에게 몸치장은 생략할 수 없는 기본적인 생활이다.

전문적인 설문조사를 의뢰 받고 있는 지레트 사에 의하면 여성이 가장 좋아하는 대상은 잠시 시간을 내서 커피나 홍차를 마신다든지, 신문을 읽는다든지, 음악에 귀를 기울이며 독서를 하든지, 샤워를 하는 일상적인 행위다.

이러한 자기 즐거움의 도취에 '이것을 하지 않으면 어떻게 될까?' 하는 막연한 죄책감으로 아침의 자기 시간이 줄어든다는 관념이다. 불행하게도 우리 여성들은 그렇게 아침을 맞이하고 보내고 있다.

한편 바쁜 일상생활 중에서 실제로 자기 자신의 시간을 적절히 활용하고 있는 여성들의 이야기를 들으면, 아침에 자기 시간을 가지는 여유가 그날 하루를 지내는 동안의 영향은 헤아릴 수 없을 정도로 크다고 역설하고 있다.

'나는 아침형 인간이다'고 말하고 있는 맹렬 여성은 신문편집을 맡고 있는 할리 심프슨이다.

"언제나 필요한 시각보다 한 시간쯤 빨리 일어나는 습관을 가지고 있죠. 아침 시간이 머리가 잘 돌아가고 그날의 기획을 미리 생각해 두면 많은 도움이 된답니다. 아침에는 전날의 피로를 씻은 탓인지 에너지가 충만한 덕택에 접시를 닦는다든지, 세탁물을 정리하는 등 간단한 작업도 운동 삼아하지요. 물론 세탁기나 청소기는 돌리지 않지만……"

심프슨에게 있어서 아침의 한 시간은 유일한 자기만의 시간으로 활용하고 있음을 엿볼 수 있다.

자유 기고가 게일 칼터는 이렇게 강변하고 있다.

"아침은 하루를 시작하는 황금시간입니다. 기상은 빠른 편으로 6시 반으로 하고 있지요. 이 습관은 아이를 낳고 난 후부터인데, 우선 식사를 준비한 다음 식구들과 함께 식탁에 앉지요. 물론 난 한 잔의 블랙커피로 대신하지만, 아이들도 식사를 하면서 이야기를 주고받으며 아침 텔레비전 시청까지 즐기는 여유를 갖죠. 그런 다음 남편을 출근시키고, 아이를 학교에보내고서 나는 죠깅…… 그 다음에 하루 일과를 시작한답니다."

❤️아침에는 필요한 만큼의 일만 한다

패배란 무엇인가? 단지 교훈일 뿐이다.
좀 더 좋은 것으로 향하는 발걸음이다.
_필립스

여성 시간관리 경영에 학위논문을 작성하기 위해 노력한 린다 코우는
개선책을 찾아냈다.

"아침은 늘 전쟁하는 것만큼이나 눈도 돌릴 틈조차 없다는 시간대가 있
었지만, 지금은 그 비관적인 상황을 나만의 시간으로 전환시켰다. 일을 착
수하는데 필요한 것 이외는 모두 추방해 버렸다. 그 후부터는 그날의 필요
한 것만 생각하고 실행에 옮기고 있다. 아이들도 자기 일은 책임질 나이
(13세와 11세)가 되었다. 물론 학교에 갈 준비와 식사까지도 자기들이 마
련하는데 무리가 없었다. 나는 밀크 주스와 토스트 등이 있는 지를 확인해
줄 뿐이다. 뒷설거지도 자기들이 한다. 남편 역시 자기의 몫은 자기가 하
도록 분위기를 쇄신했다."

코우는 계속해서 말했다.

"내가 하는 일이란 직장에 나갈 준비만 하면 된다."

그 이전에는 그렇지 못했다는 사실을 솔직하게 고백했다.

"이렇게 되기까지 그 전에는 항상 전기제품을 사용해야 되고 식사 준비
에 눈코 뜰 새 없이 주방 안을 맴돌면서 서둘러 남편과 아이들이 제각기
떠나고 나면, 숨돌릴 사이도 없이 다시 많은 세탁물을 세탁기에 넣고 설거

지는 물론 집 안팎 구석구석에까지 또 다른 일에 신경을 써야 했고, 가족 전체의 사사로운 일까지 돌보지 않으면 안 된다는 사실에 놀라지 않을 수 없었다."

열등감을 발견하는 방법
- 줄을 설 때 언제나 맨 끝에 선다.
- 식당에서는 뒷자리에 앉는다.
- 학교, 단체회의에서 맨 마지막에 손을 든다.
- 언제나 남의 뒤를 따라 걷는다.
- 금방, 가끔 얼굴을 붉힌다.
- 매우 약하게 힘 없는 악수를 한다.
- 다른 사람과 시선이 마주치는 것을 피한다.
- 늘 말소리가 작다.
- 듣기만 하고, 그다지 말을 하지 않는다.
- 구석을 찾아 앉으려고 한다.

바이오리듬을 이용한 아침 보내기

두려움의 인생이란
기계에 끼어 있는 모래알과 같다.
_스탠리 존스

개인의 차이에 따라 하루 중에서 가장 생산성이 높은 시간대가 있다. 아침은 그러한 높낮이가 분명한 시간대가 있다.

아침을 심프슨과 같이 원기왕성하게 맞이하는가, 아니면 반대로 실콕스처럼 제정신이 아닌 둘 중의 한 가지일 것이다.

이렇듯 아침은 짧은 시간에 많은 일을 해결하지 않으면 안 되는 시간대다. 그러나 조금은 여유 있는 아침을 보내고, 이어서 좋은 하루를 보내기 위해서는 다음과 같은 요령이 있다.

• 15분 정도 일찍 일어난다.
• 아침 시간을 절약하는 복장 계획

15분 정도 일찍 일어난다

모든 거짓 중에서 으뜸가는 가장 나쁜 것은
자기 자신을 속이는 일이다.
_J. 베일리

한 시간, 짧게 15분 동안 자기를 위한 시간적 여유가 생기면 차분히 하루의 계획을 세운다든지 가사를 돌볼 수 있는 마음의 준비를 가질 수 있다. 짧은 시간의 틈새라도 자기만을 위한 시간이라는 점에서 선물을 받은 듯한 기분이다.

이렇듯 아침을 편하게 지낼 수 있도록 매일 15분쯤 빨리 일어나는 것도 좋은 방법이다.

아무리 노력해도 지금보다 더 이상 일찍 일어날 수 없다는 엄살형의 사람이 있지만, 침대에서 보내는 시간을 줄이든지 가사일 중에서 어느 한 부분을 조절하던가, 다른 사람의 손을 빌려 해결하고, 시간 절약에 도움이 되는 가전제품이나 기기의 도움이나 서비스를 이용하면 해결할 수 있다.

자기 시간을 갖기 위해 빨리 일어나는 것도, 가사일에 적당히 손을 떼는 것도 못할 형편이라면 세심한 계획을 세워서 준비하는 것이 현명한 방법이다.

전날 밤에 내일 출근을 위한 복장, 서류, 필요한 돈, 아침 식사 그리고 행동리스트에 이르기까지 빠짐없이 준비해 놓는다.

아침 시간대에 약한 것은 변함이 없지만, 하루를 시작하는 아침이 순조롭게 진행되면 돌발적인 사건에도 대응할 수 있는 차분한 마음과 시간 여유가 생긴다. 좀 더 확실히 준비하려면 필요한 것이 없는 지, 미리 가족에게 물어서 챙긴다.

아무리 노력을 해도 모든 일이 순조롭게 된다고는 할 수 없다. 매사에 곤란한 일은 예고없이 찾아들고 발생한다.

나는 언제나 전날 밤에 입을 옷을 준비해 두는 습관을 가지고 있다. 그런데 어느 날, 세탁소에서 찾아온 블라우스를 중역회의에 입고 갈 예정이었다. 옷과 핸드백은 물론 서류가방이며 구두까지 준비해 놓아 완벽하게 출근 준비를 끝냈다.

다음날 나는 평상시보다 다소 늦잠을 갔다. 왜냐하면 모든 것이 충분하다는 생각과 함께 이미 전날에 완벽하게 준비되어 있다는 안도감 때문이다. 불과 몇 분 동안에 샤워를 하고 몸치장을 끝낼 수 있으므로 서둘 필요가 없었다.

나는 세탁소에서 찾아온 블라우스를 입었다. 그런데 단추 두 개가 떨어져 있었다. 세탁소에서 찾아왔을 때 점검을 하지 않았던 것이다. 제대로 점검해 보지도 않고 완벽하다고 생각하고 있었던 것이 큰 잘못이었다. 단추를 달 시간은 물론 블라우스에 맞는 단추를 찾을 시간도 없었다.

결국 나는 바쁜 출근시간에 쫓기며 입을 만한 것을 다시 찾을 수밖에 다른 방법이 없었다.

아침 시간을 절약하는 복장 계획

하나의 모래알에서 하나의 세계를 보고
한 송이의 들꽃에서 천국을 본다.
_블레이크

아침에 작업복 차림으로 집안을 바쁘게 뛰어다녀도 출근할 때는 이지적이고 캐리어 우먼[실력 있는 여성]다운 복장 차림은 중요한 일과에 속한다.

한편 직장 여성에게 쇼핑시간은 충분치 못하다. 이를 보완하기 위해 생각한 방법으로 일 년에 몇 번의 휴가나 연휴를 이용하여 알맞은 복장을 구매하면 시간을 절약할 수 있고 외출할 옷에 대한 고민도 덜 수 있다.

이렇게 준비해 두면 한 시즌 혹은 1년 분의 옷을 효과적으로 조화있게 마련할 수 있다. 더구나 할인판매라도 하게 되면 옷 두 벌 값으로 세 벌을 구입하는 잇점도 있다. 이런 방법은 직장여성 간에 널리 퍼지고 있다.

이 방법은 두 가지 면에서 절약의 효과를 얻을 수 있다. 쇼핑시간이 절약되고, 이 블라우스에는 어떤 빛깔의 스커트가 어울릴까 사소한 시간까지 절약할 수 있다.

이때 주의하지 않으면 안 될 점은 최근에 벗어 놓은 옷을 세탁소로 보낼 전용바구니에 담을 것이며, 다시 입을 옷은 따로 간수해 두어야 한다.

자기 손으로 직접 처리하지 못할 일에 대비해서 여유를 가지면, 아침 시간도 타인의 도움을 받지 않고 스스로 처리할 수 있는 여유를 누릴 수 있다.

흐트러진 외모는 당신의 삶을 망친다

결혼 전에는 '멋쟁이'로 소문난 여성도 일단 결혼을 하고 나면 외모에 그다지 신경을 쓰지 않는 경우가 많다. 그 이유를 물어보면 '옷 살 돈도 화장품 살 돈도 없다'는 것이다.

또 다른 이유는 남편이 있는 몸인데 멋을 부려서 무엇하느냐는 나태한 생각이다. 과연 그럴까? 당신의 남편은 그렇게 생각하지 않는다. 늘 아내가 산뜻한 모습으로 자신을 맞이해 주기를 바라고 있다. 그것은 남편으로서의 당연한 요구다. 당신이 남편에게 가장으로서의 책임을 충분히 해주기를 기대하듯이 말이다.

늘 산뜻한 차림으로 있으면 남편뿐만 아니라 자신의 기분도 좋아진다. 바른 외모로 생활의 활력을 얻을 수 있음을 간과해서는 안 된다.

나는 조그만 것에서도 기쁨을 느낀다.

아침 시간을 유효하게 쓰고 있는가를 체크해 보자
Is time on your in the morning?

당신은 아침 시간을 얼마나 유효하게 쓰고 있는가. 정직하게 이 퀴즈에 답해 주시기 바랍니다. 가장 정확한 답을 골라 점수를 매긴 다음 자신을 평가해 보십시오.

1. 아침 시간을 유효하게 쓰도록 리스트를 만들고 있다.
   A ☐ 언제나
   B ☐ 때때로
   C ☐ 한 번도 안 했다　　　　점수 ☐

2. 아침마다 우선 순위를 정하고 가장 중요하다고 생각되는 일을 하고 있다.
   A ☐ 언제나
   B ☐ 때때로
   C ☐ 한 번도 안 했다　　　　점수 ☐

3. 자기 시간이 조금이라도 낭비되지 않도록 타인의 서비스나 상품을 이용해서 시간을 만들고 있다.
   A ☐ 언제나
   B ☐ 때때로
   C ☐ 한 번도 없다　　　　점수 ☐

4. 아침을 이 방에서 저 방으로(침실에서 화장실로, 화장실에서 주방으로, 주방에서 침실로) 옮겨 다니느라고 많은 시간을 소비한다.
   A ☐ 한 번도 없다(한 곳에서 할 수 있는 일을 모두 끝내지 않고서는 다른 방으로 가지 않는다.
   B ☐ 때때로
   C ☐ 언제나　　　　점수 ☐

5. 아침마다 뜻밖의 일이 생긴다. '스타킹을 빨아놓지 않았다든가', '커피가 떨어졌다'든가.
   A ☐ 절대로 없다
   B ☐ 한 주일에 한 번쯤
   C ☐ 매일 아침 2~3회 정도　　　점수 ☐

6. 매일 아침 식탁을 정리하는 시간은 얼마인가?
   A ☐ 15분 이내
   B ☐ 15분 내지 20분
   C ☐ 30분 이상　　　　점수 ☐

7. 아침 일을 모두 끝냄은 무리라는 것을 깨닫고 있으므로 같은 방 친구, 남편이나 아이들의 힘을 빌리고 있다.
   A ☐ 언제나
   B ☐ 때때로
   C ☐ 한 번도 없다　　　　점수 ☐

8. 아침마다 머리 손질이나 화장하기를 좋아한다.
   A ☐ 한 번도 없다
   B ☐ 때때로
   C ☐ 언제나　　　　점수 ☐

9. 아침에 어떤 옷을 입을까 망설이며 몇 벌의 옷을 입어본다.
   A ☐ 한 번도 없다
   B ☐ 때때로
   C ☐ 언제나　　　　점수 ☐

10. 아침신문을 읽는다든지 무엇을 생각하는 등 자기의 시간이 있다.
    A ☐ 언제나
    B ☐ 때때로
    C ☐ 한 번도 없다.　　　　점수 ☐

● 점수 배기는 법 : A는 10점, B는 5점, C는 2점.　　　● 합계점 ＿＿＿＿＿＿

40점 미만 : 아침 시간의 사용법이 잘못되었으므로 시정할 때입니다.

40점~60점 미만 : 꼭 하지 않으면 안 될 일에만 노력하십시오.

61점~80점 미만 : 시간 사용법은 좋지만 좀 더 효과적으로 노력하십시오.

81점~100점 : 시간 사용법이 현명합니다. 계속 노력하십시오.

🎗️여행을 즐기기 위한 시간 절약의 어드바이스

마음이 천국을 만들고
또 지옥을 만든다.
_밀튼

여행을 떠날 때 공항에서의 시간, 검색이 시작되고 끝날 때까지의 시간, 여객기 지연착 등에 따른 대기시간을 활용할 무엇인가를 준비하도록 한다.

미처 확인하지 못한 우편물을 뜯어본다든지, 간단한 엽서를 쓴다든지 (이럴 경우 우표나 엽서, 봉투를 준비하면 편리하다) 최근 출간된 베스트셀러를 읽는다든지, 틈새 시간을 활용할 수 있는 좋은 기회이다.

언제든지 출발할 수 있도록 짐을 꾸려 둔다. 짐꾸리기에 익숙해져 있다면 시간과 노력을 절약할 수 있다.

여행을 떠나는 기회가 많은 편이라면 화장품이나 여행필수품의 키트를 따로 배낭이나 슈트케이스 안에 항상 준비해 두면 간편하다.

작은 병에 담은 메이크업 용품은 물론 간단한 취사 도구, 텐트 등등에 이르기까지 크고 작은 일용품들을 미리 준비해 두면 시간이 허락될 때마다 부담없이 손쉽게 떠날 수 있다. 한편으로 짐 꾸리기와 짐을 푸는 시간까지 절약된다.

그러나 간단한 여행이라면 트렁크는 되도록 가볍게 할 일이다. 휴대할 짐의 크기를 항공기 내에 가지고 들어갈 수 있을 만큼 줄이는 것도 요령이다.

공항에서 휴대품을 인도 인수할 때 시간을 절약하고 싶으면 의류는 최저한으로 제한할 것이며, 그러면서도 옷의 스타일, 색상, 응용에 모두 가능한 것으로 한다.

기온 차이가 심한 곳으로 갈 때는 그에 알맞은 옷을 준비해야 한다.

옷의 소재는 주름이 잡히지 않고 잘 꾸겨지지 않는 것, 손질을 하기 쉬운 것으로 선택하고 몸에 착용감이 좋은 것으로 준비한다. 스토킹만큼은 넉넉한 편이 좋다.

먹기 위해 살지 말고 살기 위해 먹어라.

♥ 편리한 여행 준비는 어떻게 할 것인가?

하늘에는 별이 있고 땅에는 꽃이 있다.
사람에게는 사랑이 있어야 한다.
_괴테

　먼 여행을 떠날 때는 마음의 여유가 중요하다.

　왜냐하면 풍습과 언어가 다른 낯선 이국을 방문하기 때문이다. 교통 사정도 잘 모르거니와 불안한 기대감에 두려움까지 느낀다.

　무엇보다도 여행을 하는 동안 불의의 사태에 대비해서 일정을 평소보다도 여유있게 짜도록 배려한다. 여행을 하는 동안 단기간 내에 많은 것을 얻으려 하므로 소화시킬 수 있는 범위 안에서 예정을 세워야 함을 잊어서는 안 된다.

　예정이 과하면 계획한 대로 진행되지 못하는 무리가 따른다. 자동차나 기차를 이용하는 여행이라면 목적지에 도착했을 때 피로에 지쳐있지 않도록 실현성 있는 계획을 세워야 한다.

　공항에는 충분한 시간적 여유를 두고 도착해야 한다.

　이때 먼저 해야 할 일은 도착하는 즉시 항공회사의 위치, 출국, 수하물 인도 장소를 점검해 둘 일이다.

신용카드는 시간 절약에 도움이 된다

죽음이 당신의 문을 두드릴 때에 당신은 그에게 무엇을 바치겠습니까.
나는 내 생명이 가득한 광주리를 그 손님 앞에 내놓겠습니다.
나는 그를 빈 손으로 보낼 수가 없기 때문입니다.

_타고르

신용카드는 시간을 절약할 수 있다는 의미에서 매우 편리한 이용방법이다.

비행기의 출발시각이 촉박할 경우 현금을 가지고 있지 않아도 다소 여유 있는 시간을 구내매점에서 알맞은 쇼핑의 즐거움을 맛볼 수 있기 때문이다.

카드회사는 여행자를 위해 여러 가지 서비스를 제공해 주고 있다. 숙박시설 예약편의를 위한 서비스는 물론 현금서비스까지 제공하고 있다.

♥ 시간표, 지도, 용돈에 이르기까지 세심한 준비를 할 것

돈만 있어도 안 된다. 꿈이 있어야 한다. 꿈만 있어도 안 된다. 돈이 있어야 한다.
몽상적인 것과 상업적인 것을 결합하는 것. 이것이 나의 철학이다.
_**세실 로즈**

택시나 렌트카를 대신해서 공항이나 호텔에서 제공하는 리무진 서비스
를 이용하는 것도 한 가지 방법이다. 호텔 안팎 근교에 용무가 있을 경우에
는 더욱 편리하다.

그러나 예상 이외의 시간이 걸려서 용무를 끝내지 못하는 일이 없도록
미리 그 지방의 지도를 입수해서 약속된 장소를 확인해 두는 지혜가 중요
하다.

그 지방의 전차나 버스를 이용할 계획이면 시각표, 요금뿐만 아니라 거
기에 필요한 자료를 입수한다면 많은 도움이 된다.

1달러라면 적은 금액이라고 생각할지 모르지만, 호텔 보이나 공항포
터에게는 충분한 금액이다. 그 작은 액수로 보다 좋은 서비스를 받을 수
있다.

♥ 호텔의 여성 전용 서비스를 이용한다

예술은 채찍을 사용하지 않고
인간을 교육할 수 있는 유일의 수단이다.
_바나드 쇼

호텔에 도착하면 메시지와 전화로 업무적인 상대, 사사로운 일까지 즉
각 연락해 주도록 부탁해 둔다.

안내서비스, 룸서비스 등 호텔의 모든 편의시설을 알아두는 것도 잊어
서는 안 될 사항이다. 옷을 손질하기 위해 다리미가 꼭 필요하다면 체크인
할 때 부탁해 둔다. 왜냐하면 호텔 측에서 준비한 물량이 적으므로 좀처럼
차례가 오기 어렵다.

필요한 물건이 있으면 무엇이든지 부탁해 본다. 무리 없는 범위 내에서
편의를 제공해 준다.

호텔이라면 여성 전용서비스-욕실의 화장용 조명, 쇼핑 서비스 등이
있다. 적극적으로 이용해 볼 것을 권장한다.

원만한 인간관계는 최고의 재산이다

만일 당신이 자신의 인생을 사랑한다면
당신의 시간을 사랑하여라. 왜냐하면 당신은 시간으로 구성되어 있기 때문이다.
_프랭클린

　　네트워크[정보]는 직장생활에서 개인적인 생활에 이르기까지 많은 혜
택을 가져다준 것 중의 하나라고 단정할 수 있다. 네트워크라면 어떤 그룹
이나 조직에 속해 있지 않으면 안 된다는 뜻이 아니다.

　　누구에게 전화를 하는 방법에서부터 친구와 식사를 하면서도 충분히 이
용할 수 있는 것이 정보의 생명력이다.

아껴서 갖는 소유하는 것이 없어서 원하는 것보다 낫다

인맥을 적극적으로 활용한다

고난에 처해 있을 때 동요하지 않는 것
이것이야 말로 참으로 칭찬해야 할 훌륭한 인물의 증거다.
_베토벤

나는 네트워크를 통해서 일[사업시작]을 발견했다. 사무실을 임대하였고 종업원도 고용했다.

이렇듯 내가 관계한 프로젝트에 협력을 받은 것도 많은 고객을 확보한 것도 네트워크를 통해서였다. 사생활도 예외가 아니다.

지금 살고 있는 아파트를 얻은 것도 개집을 마련한 것에 이르기까지, 몇 가지의 특수한 물건을 구할 수 있었던 것도 모두 네트워크의 활용이었다.

직장생활이나 가정생활에서 필요한 것, 요구사항이 있으면 가까운 친척, 이웃에게 물어보면 된다. 대개의 경우 며칠 지나면 부탁한 것에 회답의 전화가 걸려오거나 친절하게 알려준다.

반대로 나에게도 가끔 문의를 하거나 부탁하고 싶다는 전화가 걸려온다. 이제까지의 경험을 통해서 확실하게 깨달은 바는 부탁은 회답으로 되돌아온다는 점이다. 그것도 되도록 빨리 돌아온다는 사실에 놀라지 않을 수 없었다.

한편 기다리고 있어도 누군가 알려주지 않는다는 그런 비정한 사람은 없다. 그러므로 필요한 것이 있다면 서슴없이 용기를 내어 부탁할 일이다.

네트워크와 직간접으로 관계된 사람들은 서로 간에 제공할 수 있는 정보가 있을 때는 기꺼이 응한다. 그러므로 적지 않은 시간을 절약할 수 있다.

공상은 재산을 만든다

호텔왕 힐튼은 어느 날, 아스토리아 호텔을 자기의 소유로 만드는 공상을 했다. 그리하여 마침내 그 뜻을 실현시켰다. 콜럼버스도 공상을 했고, 마젤란도 그러했다.

지금 당신도 공상을 하고 있을 것이다. 공상은 자기 자신의 희망을 표현하는 것으로 끊임없이 가슴 속에 맴돌고 있는 욕망과 야심이다.

아담은 태초에 공상을 했던 사람이지만, 그의 자손들도 영원토록 공상을 계속할 것이다.

나는 언제나 세 번 생각하고 행동한다.

정보는 모든 곳에 넘쳐 흐르고 있다

행복을 얻는 유일한 길은 행복을 인생의 목적으로 하지 않고
행복 이외의 다른 목적을 인생의 목적으로 삼는 것이다.
_밀

뜻을 함께 하는 조직에 소속되어 있든, 조직화되지 않는 인맥을 통해서
의뢰하건 간에 네트워크가 가져다주는 공로에 근본적인 차이는 없다.

우선 일을 잘 운영하기 위한 정보가 입수된다. 직장 구하기, 여성이 알
아두면 득이 되는 법규나 조례, 어떤 일을 완성하기 위한 인맥…… 등등.
'나에게 필요가 있는 것'이라면 무엇이든지 알아둔다.

시간도 절약할 수 있다. 경험을 가진 사람이나 어디에 문의하면 자문을
받을 수 있다는 정보를 알고 있는 사람을 찾으면 혼자서 해결하려고 고생
할 필요가 없다.

인맥을 이용하는데 누구보다도 여성이 주저하는 경향이 있다는 것은 확
실하다. 물론 의뢰해서는 안 될 사람에게 폐를 끼쳐가면서 부탁하는 일이
라면 쉽지 않을 것이다.

이때 의뢰하는 측에서는 자기의 무능함을 표출시키는 것 같은 자존심마
저 영향을 받게 마련이다.

여성은 본성적으로 남을 이용하는 속임수를 좋아하지 않는다. 반대로
자기가 이용당하는 것도 싫어한다. 그와 같은 마음가짐은 모든 것을 자기
자신이 하지 않으면 수퍼우먼이 될 수 없다고 생각하는 감정적인 요소도

지니고 있다.

캐롤 베라미, 젠 윌슨 등이 지적하고 있듯이 여성은 남성들이 과감하게 정보망을 이용해 온 것에 비해 생각이 미치지 못했던 것은 사실이다.

직장, 골프장, 귀가 전에 한 잔 마실 집, 클럽에 이르기까지 남성은 언제든지 정보를 포착할 상황과 분위기를 만들어왔다. 그것이 얼마나 쓸모 있는 지는 여성도 모를 리가 없겠지만, 그와 같은 수단을 활용하지 않았을 뿐이다.

그렇다면 필요한 것은 무엇일까. 그에 대해 요점을 분명하게 알려주고 정보를 제공해 주는 사람이 반드시 있게 마련이다.

나는 역경 속에서도 빛을 발휘한다.

필요한 정보의 문을 여는 사람은 자신 밖에 없다

추위에 떤 사람일수록 태양의 따뜻함을 느낀다.
인생의 고뇌를 겪은 사람일수록 생명의 존귀함을 안다.
_휘트먼

네트워크에는 여러 가지의 형태가 있지만, '대개의 경우 기존의 조직을 이용하는 것이 간단하고 편리하다. 기존의 조직이라고 하지만, 모두 엘리트 집단은 아니다.

인맥의 중요성을 깨닫고 있는 여성이라도 네트워크의 효과를 전혀 생각지 않고 많은 사람들과 만나는 기회조차 무심코 놓쳐 버린다.

때로는 네트워크 활용이 정확하게 나타나지 않는다 하더라도 정식 조직의 멤버만큼의 이용 가치가 있다는 필요성을 잊어서는 안 된다.

여성을 위한 '비지니스 워크'를 계획했던 때의 일이다. 요일마다 다른 대기업의 대표자를 초청해서 주식회(晝食會)를 개최한다는 기획을 세웠다. 그런데 어떤 기획회의에서 왜 그와 같은 방법을 생각해 냈는가는 질문 공세를 받고 몇몇 여성으로부터 "다이애너는 먹는 것이 즐거우니까."하는 놀림까지 당했다.

그때 나는 대답했다.

"모두가 훌륭한 사람과 좀처럼 만날 기회가 없다고 말하고 있었기 때문에 주식회를 만들어서 그다지 격식을 차리지 않고도 만남을 주선하는 기회를 만든 것이죠. 이와 같은 모임이라면 자기를 알릴 수 있는 명함을 건네기도 하고 비즈니스에 관한 대화를 주고받을 수도 있죠. 주식회를 통해 정보를 얻는 좋은 기회가 된다고 생각해요."

"주식회와 칵테일 파티에 모두 참석하는 기회가 주어진다면 그 주간에 가장 실속 있는 모임이라는 가벼운 마음으로 만나는 거죠. 그 당시에는 할 말이 없고 자신의 의사를 제대로 표현할 수 없었지만, 필요한 일이 있을 때 연락을 하면 파티에서의 일을 기억하고 문을 활짝 열어 반갑게 만나줄지도 모르죠."

여전히 회의적인 표정을 짓던 그녀들도 이와 같은 설명을 듣고는 주식회에 기꺼이 참석해 주었다.

그 다음 주부터는 주식회에 전원이 출석했다.

그리고서 몇 해가 지났지만, 그때의 주식회가 얼마나 뜻 깊은 자리였던가 하는 탄성이 지금도 나의 귀에 들려온다. 그녀들은 그 덕택으로 '문은 이미 열렸다'는 것을 터득했다.

자기가 제공할 수 있는 무엇인가와 교환한다

행복이란 당신의 인격과 재산에 달려 있기보다는
생각 여하에 달려 있음을 명심하라.
_카네기

네트워크의 또 하나의 특징은 팀워크이다.

아는 바와 같이 남자들은 소속된 직장 사회를 '하나의 팀'과 같이 생각하고, 자신들은 그 경기의 선수가 된 듯이 행동한다.

남성들의 적극적인 삶에 비해 여성은 피동적으로 삼진 당할 것을 맹세한 형편이나 다름없다.

물론 남자들만의 사회에서 장기간에 걸쳐 사용하고 전수되어 온 것을 그대로 답습해야 된다는 것은 아니다. 그러나 어느 쪽이 득이 될 것인지 쉽게 판별할 수는 없지만, 확실히 자기 자신에게 열중하는 것은 중요한 일이다. 그러므로 효율을 생각하면 팀워크 쪽이 더 바람직하다.

네트워크란 '서로 협력'하는 흥미 깊은 '기브앤테이크(give and take)'의 한 방법이라고 단정할 수 있다. 네트워크를 활용함으로써 여러 종류의 조합 형태로 서로 도움을 주는 관계가 성립된다. 정보나 인맥을 이용함은 물론 자기 자신도 자진해서 이용당하지 않으면 안 된다.

그러므로 월슨이 '네트워크의 활용은 자기의 가치'라고 강조하고 있을 정도이다.

네트워크를 이용하려면, 자기 자신도 타인에게 제공할 수 있는 정보를 가지고 있어야 한다. 타인으로부터 받기만 하고 제공할 필요가 없다는 마음가짐은 사회의 한 구성원으로서 결여된 존재로 따돌림을 당한다.

그러므로 뭔가를 제공해야 된다는 책임감에 충실해야 됨은 물론 어떤 사람이라도 그만한 역량은 충분히 갖추고 있다.

성공에 관한 짧은 시

깊이 생각한 다음에
늘 온화하게 말하며
많이 사랑하면서
자주 웃음을 띤 얼굴로
열심히 일하고
거리낌없이 내주고
즉시 지불하고
마음속으로 기도하고
그리고 친절히 대하라.

네트워크를 제공한 친구들을 소중히 한다

눈물과 함께 빵을 먹는 자가 아니고는
생의 의미를 알지 못한다.
_괴테

교사 리즈 울프는 어느 여성 모임에 가입한 덕택에 시간을 절약하는데 많은 도움을 받고 있다고 말했다.

"한 여성 모임에 2년 전부터 참가하고 있는데, 회원들의 애로사항을 이해하게 되었다. 필요한 분야에서 서로 도움을 받고 주어왔기 때문에 상대가 무엇을 원하고 있는가를 알게 되었다.

그 후부터는 항상 서로 돕는 일에 친목을 도모하고 있다. 여러 가지 의미에서 시간 절약에도 많은 혜택을 받고 있다.

회합 때는 진지하게 'give and take'를 생각하고 있다. 물론 그것 뿐만이 아니다. 한 주에 한 번 정도는 7명의 회원들과 만나 정보 교환에 기대를 걸고 있다.

조직적으로 보일지 모르지만, 나에게는 이 방법이 가장 좋은 정보 제공의 장소이다. 직장에서 보내는 3시간 동안, 한 사람을 상대로 이야기하는 것보다 이와 같은 모임을 통해서 상호간에 원조도 해주고 격려도 아끼지 않는 7명의 동료와 함께 있는 편이 얼마나 유익한지 모른다.

무엇보다도 7명의 친구들과 교제할 시간을 갖는다는 것은 획기적인 사건과 같았다. 이 모임 덕택으로 많은 정보와 도움을 받게 되어 앞으로도 지속적인 교제를 할 것이다."

이상의 것을 모두 묶어서 '네트워크'가 얼마나 일상적인 일인가를 생각해 주기 바란다. 네트워크를 잘 모르겠다는 사람에게는 많은 참고가 되었을 것이다.

간단한 기업법

- 순서대로 이야기하도록 한다.

  위에서 시작하여 가장 아래까지 순서에 따라 말하는 것이 효과적이다. 만약에 한쪽 가장자리에서 다른 쪽으로 건너뛰게 되면 혼동하기 쉽다. 그러나 차례를 따라 말한다면 특징이나 효능을 모두 기억하기 쉽다.

- 첫째, 둘째, 셋째……라고 말한다.

  그렇게 말하면 첫 번째의 효능에서 곧 다섯 번째, 아홉 번째의 효능으로까지 뛰지 않게 된다. 그리하여 언제든지 무엇을 이야기하고 있는가를 알게 된다.

- 가장 큰 특징부터 시작한다.

  큰 특징부터 시작해서 차례로 작은 특징을 순서대로 말한다. 그렇게 하면 무언가를 잊었다고 하더라도 다음 번을 기억할 수 있다.

사회에 좋은 일을 함으로써 풍요롭게 사는 정보 활용술

계획을 수립하는 데는
일을 성취하는데 드는 만큼의 노력을 기울여야 한다.
_지글러

어떤 종류의 서류라도 다음 세 가지로 분류할 수 있다.

- 버린다.
- 처리한다.
- 보관한다.

매일 도착하는 우편물, 직장 내의 자료나 보고서, 예정표, 서류 흐름의 속도를 빠르게 하려면 파일[file]이나 상자 등의 시스템을 준비하거나 확립해야 한다.

🎔 서류라는 벽을 다섯으로 나누어 해결한다

삶을 두려워하지 마라. 삶을 살만한 가치가 있는 것이라고 믿어라.
그 믿음이 가치 있는 삶을 만든다.
_로버트 슐러

나는 다음의 명칭을 붙인 5단식 상자를 이용하고 있다.

- 입(入)
- 출(出)
- 회의
- 요처리
- 읽음

‘입(入)’의 상자에 들어 있는 우편물을 개봉하여 내용을 파악하면서 한 장 한 장 다른 상자에 넣는다.

행동을 요하는 것은 ‘요처리’에 철하거나 파일을 하기 위하여 채택해 둘 것은 ‘출(出)’의 상자에 넣는 문서는 비망록 파일에 철한다. 한편 달력에 날짜를 기입하여 잊지 않도록 한다고 하는 요처리 필요함에 넣는다.

입(入)이라고 표시한 상자 안에는 잡지나 신문기사 등 각종 보고서, 강좌에 필요한 교재, 천천히 읽어볼 참고자료를 넣어둔다.

그런 것은 ‘읽음’의 상자에 넣었다가 사무실을 나서서 귀가 때 버스나 전철 안에서(혹은 사람을 기다리는 사이) 읽을 필요가 있다고 생각되면 꺼내

본다.

'읽음' 상자가 가득차면 시간을 내어 그 내용을 체크해 본다. 대개는 중요하지 않은 것, 버려도 될 것들이다.

어떤 교양강좌를 선택하여 듣고 싶다면 우선 안내문을 읽어본다. 또 달력에 강좌 개시일과 신청 마감일을 적어둔다. 그리고 강좌에 참석하기 전에 예비지식을 알아두면 많은 도움이 된다.

어느 범주에도 들어가지 않는 문서라면 서슴없이 쓰레기통에 버려도 좋다. 그런 서류는 없어도 될 우편물이거나 보관할 가치가 없는 문서일 것이다[책상 위에 쌓이는 4분의 3은 이 범주에 속한다].

개인 문제를 아무에게나 털어놓지 말라

직장 생활을 하면서 동료들과 잘 어울리는 것만으로도 50퍼센트는 성공을 이룬 셈이다. 그러나 잘 어울린다는 것과 개인적인 얘기를 누구에게나 쉽게 말한다는 것과는 다르다.

개인적인 슬픔을 친한 동료 몇몇과 나누는 것은 좋지만, 고용주에게는 하지 말라. 고용주가 당신의 중대한 생활 문제에 대해 알아야 할 것도 있겠지만, 일상적인 일까지 고백할 필요는 없다.

직장은 어느 정도 가정과 같은 곳이다. 당신의 슬픔으로 직장 동료를 어두운 분위기에 빠뜨리지 말라는 뜻이다.

💝 상대의 요구에 직접 답장을 써서 보내는 요령

잠들어 있는 거인보다
일하고 있는 난장이가 더 낫다.
_세익스피어

'요처리'의 서류는 되도록 즉석에서 처리한다.

예컨대 간단히 회답을 쓰면 될 우편물이 도착하면 내용을 검토한 후 직접 답을 써서 카피를 한 다음 그대로 반송하는 방법도 있다.

포말레터[formal : 형식적인 편지]를 기대하고 있는 거래선은 어떠한 도움도 안 된다.

상대방에 직접 답장을 쓰는 것에 다소 저항을 느낀다면, 3부 카피 방법이 있다. 3부를 카피해서 2부는 상대편에게 보내고, 남은 한 부를 보관해 둔다. 답장은 자기가 보낸 2부의 카피 한 장에 확인을 해서 즉시 보내 달라고 요구한다.

이렇게 하면 최초 당신이 써서 보낸 편지와 상대로부터 받은 회답을 쌍방에서 보관할 수 있어서 답장을 쓰는데 사용된 시간이 절약된다.

'회의'라고 쓴 상자에는 그 주간 회의에 필요한 서류를 보관해 둠으로써 당일 필요한 물건을 곧 찾아 낼 수 있도록 배려한다.

필요한 정보는 플라스틱 케이스에 담아둔다

역경에 처해 있다고 상심하지 말고, 성공했다고 지나친 기쁨에 휩쓸리지 마라.
이 두 가지를 항상 마음에 새겨둔다.
_호라티우스

엘리베이터 회사의 오너이며 경영자이기도 한 맥도날드는 거대한 조직
에 소속된 사람을 위한 편리하고 놀랄만한 파일링 시스템을 가르쳐 주었
다. 물론 이 방법은 다른 데도 이용할 수 있다는 이점을 가지고 있다.

그녀가 사용하고 있는 물건은 경첩과 손잡이가 붙은 파일 크기만한 플
라스틱 케이스였다. 겹겹이 쌓아 놓을 수 있는 좁은 공간을 이용하여 조직
별로 정보를 분류해서 넣어둔다.

회의가 있을 때에는 그 조직별로 분류된 케이스를 들고 참석하면 필요
한 정보를 수시로 찾아볼 수 있는 시스템이다. 이 경우도 출발 직전의 준비
시간을 절약할 수가 있다.

맥도날드의 말을 듣고 즉시 실시해 본 나는 너무도 편리해서 친구들에
도 이 시스템을 소개했다.

나의 경우는 몇 개의 프로젝트에 관계된 여러 가지 정보를 정리하는 데
많은 도움이 되었다.

지금은 같은 빛깔의 케이스에 하나의 프로젝트를 한 세트씩 묶어서 손
을 뻗으면 쉽게 찾을 수 있는 장소에 놓아두고 수시로 활용하고 있다.

성공에 대한 훈계

- 말(言)은 새가 아니다. 한 번 날아가면 잡을 수 없다.
- 이빨 빠진 다람쥐에게 도토리를 주어도 소용이 없다.
- 바보스런 질문에는 대답하지 않아도 좋지만, 예의를 잃지 않아야 한다.
- 두 마리의 말을 타게 되면 진흙 속으로 떨어지게 된다.
- 멋쟁이가 되려고 초조하게 굴지 말고 좋은 인상을 갖도록 힘쓰라. 인생을 서두르는 사람은 요절한다.
- 친한 벗과 함께 동행하면, 지루한 여행길도 반으로 줄어든다.
- 백 사람의 친구도 많은 것은 아니지만, 한 사람의 적은 너무 많다.
- 남의 차를 타게 되면, 그 사람을 위한 노래를 준비해 두어라.

어리석지도 말고 교활하지 말며
현명하게 처신하라.

파일링은 되도록 간단히 한다

자연은 결코 우리를 속이지 않는다.
우리를 속이는 것은 언제나 우리들이다.
_루소

　파일링[문서철 ; 서류철]은 서류를 보관하기 위함이 아니라, 필요한 것을 찾아내기 위해서 정리해 놓는데 목적이 있다. 두 번 다시 필요하지 않을지도 모르는 서류를 모아 철해 둔다는 것은 자리만 잡을 뿐이다.

　시스템은 되도록 간단명료하게 처리하는데 목적이 있다. 응집된 견출이나 과도한 분류는 금물이다.

　무엇보다도 꺼내고 찾아내기 쉽게 하는 것이 그 첫째 요건임을 잊어서는 안 된다. 그러므로 복잡한 견출보다는 필요한 때 어느 곳이든 손쉽게 찾을 수 있는 방법으로 철해서 보관한다.

파일 견출에 '기타' 사항은 불필요

침묵은 어리석은 자의 지혜이며
현자의 미덕이다.
_보나르

파일링 시스템은 사용 방법에 따라 그 유형이 결정된다. 견출은 예컨대 광고, 합의서, 은행, 예산, 계약서, 견적서, 아이디어, 보험 등과 같이 명확하게 표출한다. 기본적인 서류를 불분명하게 처리해서는 효과를 기대할 수 없다.

절대로 해서는 안 될 사항은 '기타'라는 견출로 지정해 놓는다. 거기에는 확실치 않는 내용이 들어있기 때문이다.

어디에 넣어야 좋을 지 즉석에서 판단이 안 되는 서류는 '재분류'라는 곳에 철해 둔다.

그러나 이것도 목적없이 사용되기 쉬우므로 다시 한 번 명시해 둘 때는 반드시 '버림'이나 '파일', '처리' 등 분명하게 분류해 둔다.

연속사항에 관하여 누군가에게 나머지 일을 부탁하던가, 동료에게 가르쳐 줄 때는 일의 내용이나 진행 상태를 기록해 놓으면 후임자의 업무시간 절약에 도움이 된다.

또한 일을 부탁하려는 상대에게 '노하우'를 건네줄 수가 있어 많은 도움이 될 것이다.

자기 자신도 빈번이 질문을 받으므로 해서 업무상의 피해를 예방하는 방법을 배운다. 무엇보다도 그 일에 종사하는 인원이 증가한다든지, 다른 사람에게 맡길 때도 같은 방법을 몇 번씩 사용할 수 있어서 편리하다.

승진하는 방법

당신은 승진을 원하는가? 아니면 좀 더 많은 급료를 원하는가?

자신감을 가진 사람에게는 크게 어려운 일이 아니라고 생각하고 있다. 그 까닭은 언제나 급료 이상의 일을 한다고 하는 단 하나의 룰을 지키기만 하면 되기 때문이다.

이 말이 이상하게 들릴지 모르지만, 확고한 직장인의 태도다. 자신이 능력 이상의 급료를 받고 있기보다는 급료 이상의 능력이 있다고 하는 편이 훨씬 좋기 때문이다.

만약에 당신이 인생의 불경기에서 벗어나 해고되지 않고 견딘다는 생각이라면, 당신의 직장생활은 언제나 안전하다. 상사는 결코 당신을 놓치려고 하지 않을 것이다. 급료 이상의 일을 하는 것은 돈을 더 많이 벌게 하는 지름길이다.

시간 낭비에 도움을 주는 책상 비품 배치

내일은 시련에 대응하는
새로운 힘을 가져다 줄 것이다.
_C. 힐티

사무실은 누가 무슨 일을 하는가를 염두에 두고 비품을 배치하는데 세심한 배려를 한다.

한편 불필요한 움직임의 교차를 줄이는 것이 중요하다. 다른 부서의 직원들이 이상한 배치라고 생각하더라도 꺼릴 필요는 없다.

업무에 필요한 공간이 확보되었다면 책상은 부서간 방해 받지 않는 장소에 설정한다. 책상은 도어 쪽을 향하지 않도록 하고 불필요한 잡담에 휘말리지 않는 자리를 택하는 것도 중요하다.

자주 사용하는 문구[펜, 종이, 연필, 서류, 전화, 기타 필요한 것]는 손이 닿는 가까운 곳에 놓아둔다. 그다지 쓰지 않는 물건은 다른 장소에 보관한다.

자주 쓰는 문구류나 기기를 손쉬운 곳에 놓아둔다는 것은 상식적인 생각이지만, 참고문서나 자료가 보관되어 있는 서류상자는 가, 나, 다 순으로 병렬해 특별 관리한다. 때로는 사소한 부주의로 가장 많이 사용하는 자료가 책꽂이 위쪽에 손이 닿기 어려운 코너에 놓이는 경우가 있다.

자주 활용하는 서류는 따로 배치하여 필요할 때는 언제라도 손쉽게 찾을 수 있도록 배려하면 업무의 효율을 높일 수 있다.

재빨리 일을 마무리 짓는 체크 리스트

- 늦게 일을 시작하지 말라.
- 오전 8시 30분 이전에 일을 시작하는 사람을 소홀히 하지 말라.
- 당신의 자아를 만족시키기 위해 도움이 되지 않는 친구들과 사귀면서 시간을 헛되이 보내지 말라.
- 낯선 거리를 너무 돌아다니지 말라.
- 직장에서 곧장 집으로 돌아가라.
- 전화로 충분히 대화를 나눈 사람이라면 방문하지 말라.
- 같은 일로 찾아온 방문객이라면 많은 시간을 할애하지 말라.
- 너무 상세한 리포트는 쓰지 말라.
- 매일 방문해야 하는 고객이라면 지름길을 이용하라.
- 미리 약속을 해 두어 대기실에서 시간을 낭비하지 말라.

캘린더 여백을 이용하여 주소록을 현명하게 쓰는 요령

나무는 열매로 알려지지
잎으로 알려지지 않는다.
_J.레이

직업에 따라서 하루 마감과 그 달 결산을 동시에 처리하지 않으면 안 된다.

마감은 자기가 늘 보고 있는 캘린더에 기입해 두는 것이 편리하다. 또한 자기가 예정하고 있는 기한보다 며칠 전에 마감하여 정리하는 편이 유리하다.

기록해 둘 것은 회의 내용, 전화 내용, 보고서[지정기일 또는 최종기일] 등 자기 직업에 필요한 상황을 적어 놓고 언제든지 전체 업무를 파악할 수 있도록 해 둔다.

그 해 연도 말에 연간보고를 할 수 있도록 기록방법을 미리 세워본다. 한 권의 일기책, 노트, 이용 편리한 캘린더 여백에 기록해도 좋다.

주소록이나 명함꽂이는 언제든지 사용 가능하도록 가까운 자리에 놔 둔다. 네트워크에 빼놓을 수 없는 자료가 되기 때문이다.

처음 만난 사람의 이름과 전화번호를 기록해 두고 싶으면 여기저기에 낙서처럼 쓰지 말고 지정된 노트[주소록이 최적이다]에 기록해 둔다.

이름을 제대로 알 수 없으면 은행, 병원 경영, 무역회사 등과 같이 업종 별로 분류해서 정리해 두면 기억하기에 편리하다. 너무 네트워크 활용에

만 의존하면 쉽게 잊는 습관에 빠져 다음 업무에 많은 불편을 느끼게 된다.

한편 앉아 있는 여가시간을 이용해서 자세 교정을 소개하는 카세트북을 교재로 삼아 기분 전환을 겸해서 가벼운 운동을 시작하는 것도 권장해 볼 일이다.

가방 안에는 친구나 가족에게 짧은 편지를 써 보낼 수 있도록 엽서나 메모장을 항상 넣어두면 전철이나 버스, 장거리 출장에서 유익하게 사용할 수 있다.

독서도 좋은 방법이다. 유익한 책을 읽음으로써 하루의 긴장을 풀고, 마음의 여유를 되찾을 수 있기 때문이다. 퇴근시간은 하루의 역할을 바꾸는 전환점으로 많은 여성들에게 대단히 중요한 시간대로 되어 있다.

대기업 중에는 앉아 있는 시간이 많은 사원들을 위해서 체육관을 세우기도 하고, 여가시간을 즐기기 위한 프로그램을 준비하고 있는 회사도 늘고 있다. 하루의 흐름 속에서 긴장을 풀어버린다는 가벼운 운동은 건강을 위해서도 매우 바람직한 일이다.

직장인이라면 아침 출근 전에 한 잔의 차를 마시거나 신문을 읽을 시간이 허락되지 않으면, 15분 전에 미리 출근해서 잠시 여가 시간을 이용해도 좋을 것이다.

사무실에는 업무시간 전의 조용한 공기가 충만해 있다. 하루의 일을 시작하는 준비를 갖추는 데는 최적의 시간일 것이다.

점심시간을 3배로 즐기는 활용 방법

산중에 있는 보물을 찾기 전에 내 두 팔에 있는 보물을 충분히 이용하도록 하라.
그대의 팔이 부지런하면 그 속에서 많은 것이 솟아나올 것이다.
_스탕달

점심시간의 활용 방법의 예를 소개한다.

- 무료콘서트에 간다[시에서 제공하는 곳이 의외로 많다].
- 문화영화를 본다[문화원이나 도서관에서 상영한다].
- YWCA 회원에 가입해서 취미활동을 위한 교양, 꽃꽂이, 서예반에 입학한다.
- 식사 동우회를 만든다[친구와 지낼 수 있는 훌륭한 방법].
- 공원에서 취미를 즐긴다[독서를 하거나 토론도 좋고, 그냥 앉아서 쉬어도 된다].

이와 같이 점심시간을 활용하면 기분이 풀어지고 새로워져서 오후의 일을 명랑한 기분으로 다시 시작할 수 있다.

바쁜 일상생활 속에서도 보람있는 일을 만들려고 노력하면, 언제든지 자기의 시간을 만들 수 있다는데 그 의의가 있다.

하루의 직장 일을 끝낸 다음의 남은 시간만이 자기의 시간은 아니다.

❤️ 전화에 많은 시간을 빼앗기지 않는가?

순간순간을 잘 이용하라.
긴 시간은 자신을 스스로 잘 돌볼 수 있다.
_체스터필드

자기의 행동기록을 체크해 보면 전화로 이야기하는 시간이 의외로 많음을 알 수 있다.

일과 마감시간이 다가온다. 당신은 남은 업무에 집중하고 있다. 그때 울려오는 전화 벨소리, 당신은 예외없이 자동적으로 수화기에 손을 뻗는다.

때로는 중요한 약속시간에 맞추려고 막 집을 나서는데 전화가 울린다. 생각없이 달려가 수화기를 든다든지, 저녁시간에 온 가족이 식탁에 둘러앉아 단란하게 식사를 하는데 예고없이 걸려오는 전화 벨소리, 가족 중에 누가 받아야 하는 지 동의를 얻듯이 서로 얼굴을 살펴야 하는 상황도 벌어진다.

기분이 내키지 않아서 좀처럼 손을 댈 수 없었던 중요한 일에 겨우 착수하려는데 걸려오는 불필요한 전화, 업무진행이 늦어질 것을 각오하면서 수화기를 마지못해 집어든 경험도 있을 것이다.

그러나 결심하고 전화의 폭력으로부터 빠져 나오면 빼앗겼다고 단념한 시간이 여기저기서 생긴다. 전화도 바르게 사용하면 상당한 시간을 절약하는 도구가 될 수 있다는 생각에까지 미친다.

쓸데없이 걸려오는 전화에 대응하기 위해서 몇 가지 방법을 이용해 본다.

교양인을 위한 수칙(우정에도 매너가 필요하다)

- 약속을 지켜라 : 일단 약속을 했으면 어떤 일이 있더라도 꼭 지킨다.
- 값싼 여자가 되지 말라 : 친구들과 더치페이를 할 때 값싼 여자는 치사한 태도를 보인다.
- 어려운 일을 당한 친구를 위로하라 : 실직을 했거나 몸이 아픈 사람이 있다면 함께 걱정해 준다. 교양인이라면 그가 완쾌해질 때까지 관심을 갖는다.
- 호의를 베풀었던 사람을 기억하라 : 언제 누가 당신에게 호의를 보였는지 늘 생각하라. 당신의 형편이 다소 좋아졌다고 해서 그들을 잊는다면 곤란하다.
- 입방아를 찧지 말라 : 당신이 남의 말을 하기 좋아한다고 하더라도 당사자가 없는데 비판을 하는 태도는 옳지 않다. 늘 상대의 좋은 점을 발견하는 아량 있는 여자가 되라.
- 받기만 하지 말라 : 아무리 당신이 가난하더라도 일방적으로 받기만 해서는 안 된다.
- 무표정한 표정을 지워라 : 늘 웃는 상냥한 미소의 여자로 변신하라. 웃음은 직장생활의 향기다.

바쁜 업무시간에 불필요한 전화가 걸려왔을 경우

오늘 할 수 있는 일, 해야 할 일을 하는 것이 오늘의 과제다.
그것은 앞날을 기약하는 씨앗이다.
_플로베르

자기가 직접 전화를 받지 않으면 안 될 상황이 좋지 않을 때 걸려오면 사양하지 말고 현재의 입장을 솔직하게 말해준다.

"지금 바쁜 일이 있어서 그러는데, 나중에 다시 걸어주시겠습니까?"

"지금 손님이 와 계십니다."

"장거리 전화가 와 있습니다."

이렇게 말하면 상대의 기분을 상하게 하거나 화를 낼 것이 아닌가 하는 염려를 할 지 모르지만, 실제로 이러한 말이라면 상대의 감정을 불편하게 할 이유가 없다.

그때 다시 걸어 달라는 시간을 구체적으로 말하는 것이 상대에게 도움이 될 것이다.

"15분 후나, 급한 용무가 아니라면 내일 아침이 어떨까요?"

이와 같이 말하면, 언제 전화가 걸려온다는 것을 예상할 수가 있어서 상대를 헛되게 기다리지 않아도 된다.

그날의 리스트를 만들 때 걸려올 예정 전화에 어떤 내용의 말을 해야 될 것인가도 간단히 써 두도록 한다. 다시 걸도록 약속했는데 용건을 잊어버렸다면 곤란하다.

전화 예절 에티켓

• 전화를 할 때는 상대방의 형편을 물어본다. 길게 통화하는 것이 폐가 된다면 이보다 더 곤란한 입장에 놓이지 않을 것이다. 미처 묻지 못했다거나 그럴 수 없는 경우라면, 그의 은근한 메시지에 유의하라. 그러면 상대가 더 통화하기를 원하는 지 어떤 지를 알 수 있다.

• 당신에게 온 전화를 끊고 싶을 때는

"지금 약속 때문에……"

"남편이 도착하고 있어."라는 식으로 거절하지 말라.

보다 부드럽게 말하라.

"그래. 아주 재미있었어."라든가 "…나중에 또 듣기로 하자꾸나"도 좋다.

당신의 친구들은 모두 눈치가 빠르기 때문에 곧 좋은 마음으로 이해할 것이다.

• 정보를 알려고 전화를 했는데 상대가 응해 주지 않을 때는 이렇게 말하라.

"알겠습니다. 이제 두 가지만 더 묻고 끝내겠습니다."

그러면 상대는 당신의 통화가 얼마나 걸릴지를 알고 응해 줄 것이다.

• 전화 용건을 속이지 말라. 그것처럼 상대를 불쾌하게 만드는 일은 없다. 솔직하게 말하라. 곧바로 본론을 말하라.

느낌이 안 좋은 전화를 중단하는 방법

사랑할 때는 꿈을 꾸지만
결혼하면 잠을 깬다.
_포프

　전화가 걸려와서 이미 사무적인 용건이 끝났는데도 언제까지나 이야기가 계속될 경우 상대에게 불쾌한 인상을 주지 않고 부드럽게 중단하려면 어떻게 할까.

　"그럼 바쁜 일을 계속해야 되기 때문에……"

　"조금 후에 회의가 있기 때문에……"

　"다른 데서 전화가 걸려왔기 때문에……"

　나의 성실성이 전해지면 상대방의 기분을 상하게 하는 일은 없을 것이다.

♥ 상대방이 전화를 끊을 수 있는 시간에 건다

사랑에서 야망으로 옮겨가는 사람은 많으나
야망에서 사랑으로 돌아오는 사람은 드물다.

_라로사푸코

자기 쪽에서 먼저 전화를 걸어 주도권을 쥐고 있는데도 불구하고 언제 적당히 전화를 끊으면 좋은가 똑같이 고민하는 경우가 있다.

가장 좋은 방법은 전화를 거는 시간대를 정한다. 여기서 한 통화, 저기서 한 통화를 산발적으로 거는 것이 아니고, 특별한 시간대를 정해서 모든 전화를 처리해 버리는 방법이다.

동부에 거래가 많은 맥도날드는 반대쪽인 캘리포니아 지역에 살고 있다. 그녀는 아침 일찍, 아직 일을 시작하게 전에 출근해서 시차를 이용하여 업무적인 전화를 처리한다.

그러므로 정규 업무시간에는 전화의 방해를 받지 않고 본업에 몰두할 수 있었다. 또 전화를 거는데도 적절히 통화를 빨리 끝낼 수 있는 시간대라는 것이 있다. 예컨대 점심시간 직전, 퇴근시간 직전 등이다.

그리고 '일의 진척이 좋지 않은 시간대'라는 것도 전화를 걸기에는 알맞은 시간이라고 할 수 있다.

오전 중은 아무래도 상태가 좋지 않아서…… 하는 사람은 그 시간을 전화 전용 시간으로 하면 된다. 하루의 업무 중에 오후 4시경 이후에 피로감을 느낀다는 사람은 기분전환을 위해서 그 시간까지 기다리는 것이 좋다.

'가정주부'라는 직업에 긍지를 가져라

"전 가정주부예요"

이는 매우 훌륭한 말이다. 전업 주부들은 커리우먼 앞에서 주눅 들어 하는 경우가 많다. 또 자신의 직업이 '가정주부'라는 사실을 당당하고 자신 있게 생각하는 주부도 그리 많지 않은 것 같다.

자신의 모든 것을 가정과 가족을 위해서 일하고 있는 주부는 당연히 칭찬 받을 만한 존재다. 매일 주부가 해야 하는 역할은 여배우가 여러 편의 영화에 출연하는 연기보다 훨씬 다양하다.

아내의 역할은 그밖에도 또 있다. 남편의 마음을 아내 자신에게 붙들어 매어두기 위해서는 남의 눈에 띌 만큼 산뜻하게 가꾸어야 한다.

"전 가정주부예요"

이 말 한마디를 하기 위해서 얼마나 많은 일을 해야 하는지 생각해 볼 일이다.

전화를 걸었으면 즉시 용건을 말한다

말하는 것은 지식의 영역이고,
듣는 것은 지혜의 영역이다.
_홈스

　전화를 걸었다면 용건부터 말해야 한다. 너절한 사사로운 이야기는 필요 없다. 상대도 전화의 취지를 빨리 파악하는 것을 희망하고 있기 때문이다. 용건이 끝나면 즉시 끊는 것도 상대를 위한 에티켓이다.

　전화를 걸기 전에 보고서나 전달할 내용 등 용건에 필요한 자료를 미리 준비해 둔다. 수많은 사항에 대해서 대화하지 않으면 안 될 경우에는 요점을 적은 리스트를 준비하는 것이 바람직하다.

시간을 절약하는 전화 사용법

자신의 운명을 짊어질 수 있는
용기를 가진 자만이 영웅이다.
_헤세

전화는 사용 방법에 따라서 시간을 절약하는 편리한 도구가 된다.

전화에 의해서 소비되는 헛된 시간을 줄이기 위한 사례를 적어보면 다음과 같다.

- 전화로 상대에게 만날 약속을 미리 예약하고 상대가 부재중이라면 전언다이얼을 이용해서 중계를 의뢰한다.
- 지금은 이야기할 시간이 없다고 분명하게 전하고, 상대가 화를 내지 않을까 하는 쓸데없는 걱정을 버린다.
- 전화를 거는 전용시간대를 활용한다.
- 전화를 걸었으면 바로 용건부터 말한다.
- 용건이 끝나면, 실례가 안 되게 빨리 끊는다.
- 가정에서의 단란한 시간을 방해 받기 싫으면 잠시 수화기를 내려놓는다.

♥ 누구에게 어떤 방법으로 업무를 맡겨야 할까?

가벼운 슬픔은 말이 많고
큰 슬픔은 말이 없다.

_세네카

　이 책을 통해 이제까지 설명한 어떤 방법보다도 시간을 절약할 수가 있는 가장 좋은 방법은 일을 다른 사람에게 맡기는 것이다.

　'일을 의뢰한다'고 하면 싫은 일을 남에게 억지로 맡긴다는 이미지가 있다. 다소의 죄책감을 느끼게 됨은 무리가 아니다.

　그렇다고 싫은 일임을 알면서도 맡길 경우, 의뢰 방법이 노련한 사람이라면 도와주는 사람을 성장시킨다는 무엇인가의 암시를 주고, 아울러 자극을 주는 방법도 알고 있을 것이다.

　항상, 우리들이 남에게 맡기고 있는 일이란 대체로 어떤 것인가를 생각해 보자.

　대다수의 여성은 세탁물을 세탁소에 맡기므로 자신이 직접 옷에 묻어 있는 얼룩을 빼려고 하지 않는다. 또한 정원 손질은 정원사에게, 법률관계의 일은 변호사에게 의뢰하고, 세금에 관한 것은 세무사에게 맡긴다.

　여기서 공통적인 점은 전문가에게 일을 위탁하고 있다는 점이다. 우리들은 전문적인 일에 아낌없이 돈을 지불한다.

　그것은 그 분야에 대해서 만큼은 자기보다 분명하게 해결할 수 있을 것이라는 믿음 때문이다.

결점도 장점으로 바꿀 수 있다.

스스로 결점이 많다고 생각하고 있는 사람은 사회생활이나 대인관계에서 위축되기 쉽다. 결점이 있다면 고치는 것이 좋지만, 그것이 선천적이거나 유전적인 것이라서 뜻대로 바꿀 수 없다면 어떻게 할 것인가?

이를테면 남과 어울리지 못하고 외톨박이로 지내는 사람이라면 성격상 한쪽으로 기운 데가 있다. 성격상의 결함으로 볼 수 있다. 그러한 결함이 있다고 해서 사회적으로 출세가 불가능하다고 단정할 수 없다.

이름난 학자나 예술가 중에는 그러한 성격을 가진 사람이 적지 않다. 그들이 나중에 학문이나 예술 부문에서 남이 못한 큰일을 이루어 낸 것은, 그 결함이 외부조건과 조화를 얻었기 때문이다. 자신이 갖고 있는 결점을 새로운 정세에 적응시키고 조화시켰던 것이다.

때문에 어떠한 결점이 있느냐가 문제가 아니라, 그 결점을 어떻게 이용하느냐가 중요하다. 결점을 잘 이용함으로써 도리어 성공의 발판이 될 수 있다.

왜 다른 사람에게 일을 맡기지 않는가?

사랑의 빛이 없는 인생은
가치가 없다.
_실러

다음 질문에 대답해 보라.

"나보다도 빠르고 책임감 있게 업무처리를 할 수 있는 사람이 있는데 끝까지 자기 손으로 해결하려는 고집은 무슨 까닭에서일까?"

이렇듯 남에게 일을 맡기지 않는 이유에 대해서 생각해 보자.

변명 ❶ 자기가 빠르게 잘 할 수 있다는 확신 때문이다

완전주의는 금물이다. 다른 사람에게도 당신과 같은 착각을 경험시키고 공부할 기회를 주기 바란다. 허용할 수 있는 범위라면, 한 번쯤 눈을 감는 관용을 몸에 지니자.

신문편집자인 심프슨은 남에게 자기의 일을 의뢰하는데 아무런 저항을 느끼지 않는다고 말한다.

"내가 해야 할 일을 다른 사람에게 맡기는 이유는 나름대로 만족감을 얻을 수 있기 때문이다. 그러나 처음부터 완벽을 기대하지는 않았다. 내가 하는 것이 오히려 편하다고 망설인 적이 몇 번은 있었다. 그러나 무엇보다도 다른 동료에게 맡기지 않으면 안 되겠다고 하는 불가피한 상황에서, 아니면 관리자의 입장에서 꼭 성공하려는 목적이 있었으므로 내 자신이 해결해야 할 일을 위해서 시간을 확보하지 않으면 안 되었던 것이 그

이유였다."

사람은 모두 제각기 자기 나름대로의 스피드와 기준으로 일하고 있다. 타인에게 의뢰한 일이 자기처럼 못한다고 해서 결과가 나쁘다고 단정할 수는 없다.

업무를 수행하는 방법이 다를지도 모른다. 어쩌면 당신보다 더 잘 할 수도 있을 것이다.

변명 ❷ 무엇을 맡길 것인지 잘 모른다

업무나 가사일은 자기가 잘 할 수 있는 일부터 맡긴다. 그렇게 하면 일이 끝난 다음 짧은 시간에 체크할 수 있다. 자기가 잘 하는 일의 내용이었다면 의뢰한 사람을 훈련하는 것도 모범적인 자세를 보여줄 수 있다.

그러므로 자세히 모르는 일에 대해서는 전문가를 고용하는 편이 더 능률적이다. 전문가라면 당신보다 빨리 정확하게 그 일을 완성하기 때문에 결국은 시간과 돈이 동시에 절약된다.

변명 ❸ 타인에게 의뢰하는 것보다 자기가 하는 편이 즐겁다

습관이 되면 의뢰하는 일에 저항을 느끼지 않게 된다. 타인에게 맡기면 그만큼 편하고 중요한 업무를 수행할 시간이 생긴다. 그다지 중요하지 않는 일에 일일이 신경을 쓰다 보면 더 중요한 것을 놓쳐 버리는 경우도 당하게 된다.

변명 ❹ 만약 나보다 더 잘 하면 어떻게 해주어야 할까

진심으로 고마워해야 할 일이다. 그런 사람에게는 그에 맞는 찬사를 아낌없이 보내준다. 좋은 상사인가는 그 사람의 후계자를 훌륭히 기르고 있는지 아닌가로 판단된다.

부하직원에게 일을 맡길 수 있는 우수한 능력을 지닌 상사라면 자신의 지위를 위협받을 염려는 없다. 그 사람은 당신 업무의 일부를 처리해준 것에 불과할 따름이니까.

호텔 영업과장인 데이비스와 인터뷰했을 때, 그녀는 일시적으로 비서가 없는 상태였다.

"전 비서와는 일년 반을 함께 일했는데, 폭넓은 교육을 시켜온 결과 그녀는 한 단계 위의 일을 하기 위하여 퇴사했죠. 다른 호텔의 영업과장으로 영전해 갔어요."

이것도 데이비스에게 있어서는 매우 기쁜 일이었다. 그녀의 상사에게도 좋은 인상을 주었다.

"비서가 한 단계 위의 직업에 오른 주된 이유는 상사의 올바른 방향과 지도, 아울러 책임있는 일을 부여한 능력을 들 수 있습니다."

하고 데이비스는 말했다.

유능한 조수를 잃음은 일시적으로 곤란한 문제가 되겠지만, 데이비스는 다음 비서도 같은 방법으로 지도하고 훈련시키면 언제인가 좋은 일자리를 찾아 퇴사할 것이 명백한 일이지만, 그녀는 계속 조수를 육성할 생각이라고 서슴없이 말했다.

변명 ❺ 일을 맡기면 잘못되어 자기가 다시하게 된다.

만약 그런 일이 번번이 일어난다면 의뢰 받는 사람이 나쁜 것이 아니라, 의뢰한 당신의 잘못인지도 모른다. 그 사람에게 진심으로 부탁했는지, 내용을 정확하게 전해 주었는지, 부탁한 일을 주의깊게 반복해서 확인했는지 살펴볼 일이다.

그와 같은 업무전달이 불확실한 경우 자기의 엄격한 기준을 완화하면 의외로 잘 되는 경우가 있다.

예컨대, 당신이 지금까지 습관적으로 해온 방법으로 업무를 해결해 주기를 바라고 있으면 의뢰 받은 사람은 그 점에만 신경을 쓰게 되어 도리어 실력을 발휘할 수 없을지도 모른다.

일을 부탁할 때는 완벽한 준비를 요구하지 말고 생각할 수 있는 부분을 남겨 놓는 것이 바람직하다. 방침을 지시하는 것은 좋지만, 그 사람이 생각해서 할 수 있는 것까지 손을 대서는 효과를 얻을 수 없다.

변명 ❻ 기한 내에 일을 완성한 적이 없었다

기한을 정확히 말해 주었는가?

구체적으로 말해 주지 않으면 안 된다.

"내일까지 부탁한다."가 아니라, 좀 더 구체적으로 "내일 9시까지 부탁한다."고 말해야 한다.

자기 자신의 일에 스스로 기한을 정할 경우도 그렇게 했는가를 유념한다. 타인에게 의뢰할 때도 상대의 능력이나 그 이외에 꼭 하지 않으면 안될 일이 있는지도 고려해 보아야 한다.

상대에게 자기의 방법을 강요하는 것도 아닌데, 정확한 의사소통에도 불구하고 기한 내에 일을 완성시키지 못한다든지, 계획대로 진행되지 않는 상태가 계속되면 의뢰인을 잘못 선택했는지도 모른다.

몇 번 독려해도 잘 안 되면 의뢰인을 교체시키든가, 의뢰내용을 바꾸지 않으면 안 된다. 그것은 당신을 위해서만이 아니라 상대를 위함도 된다.

변명 ❼ 일을 강제로 떠맡긴다는 의구심을 주고 싶지 않다

일을 떠맡기지 않으면 그런 생각은 갖지 않을 것이다.

하찮은 일만을 맡기는 것이 아니라, 성장하고, 지식을 넓히고, 공부가 되는 일, 그 사람에게 적합한 일, 즐겁게 할 수 있는 업무를 선별하여 우선적으로 맡겨본다.

다른 사람에게 맡기는 것이 싫어서 끌어안고 힘겹게 일하는 여성도 많다. 평소에 시간을 절약해 쓰고 있다는 도서관 사서인 데이비스는 이런 말을 들려주었다.

"나에게 보좌 한 사람과 학생 조수 5~6명이 있지만, 그들에게 일을 의뢰함은 재미있는 일과 중에 하나이다. 위임해서 좋은 것은 어느 정도까지며, 어느 시점이 되면 나 역시도 소매를 걷어올리고 작업복 차림으로 함께 일한다. 그렇게 하지 않으면 사기가 떨어져 매사에 소극적이 된다. 이것이 포인트다. 상대와 함께 맡은 일을 한다. ─대단히 중요한 일이다. 일을 맡겨 버리고 자기는 아무것도 안 하는 사람에 대해서는 화가 날 정도다. 이런 생각을 갖고 있는 사람은 나만은 아닐 것이다."

그러한 견해를 피력하는 데이비스지만 '일을 맡긴다'고 생각하면, 문득 '싫은 일을 맡긴다'고 하는 부정적인 면을 연상하게 된다고 말했다.

그와 같은 생각이 들지 않도록 하찮은 일만을 떠맡기지 않는 직장 상사나 동료로부터 얼마나 많은 은혜를 입고 있는가에 잠시 눈을 돌려보자.

비서에게 적당한 책임을 주었던 데이비스, 그녀는 사용(社用)만이 아니라, 때로는 개인적인 사사(私事)에도 꺼리지 않고 사무실을 비워 주었다. 왜냐하면 자기가 없어도 업무가 순조롭게 진행된다는 사실을 알고 있었기 때문이다.

이것은 비서의 능력 때문이 아니라 상사의 관리능력의 표현이기도 하다. 비서에게 권한을 부여함으로써 데이비스는 더 중요한 일에 열중할 수 있는 마음의 안정감을 얻을 수 있었던 것이다.

일을 맡긴다는 것은 최종적으로 시간절약과 연결된다. 처음에는 오히려 시간이 걸릴지도 모르지만, 일종의 투자라고 생각하면 무리가 없다.

무슨 일을 맡길 것인가 하는 사안에 대한 시간, 사람을 교육하는 시간, 그 사람이 일에 대한 확고한 책임을 가질 수 있게 되기까지의 시간, 자기가 느낀 과오를 경험시키는 시간까지 포함해서 마침내는 헛되지 않았다고 생각할 날이 반드시 올 것이다.

한 가정의 온도는 부부 사이의 대화에서 작용한다

- 말의 이중적 의미를 피하고 분명하게 뜻을 전달한다.
- 명확하고 적절하게 대화한다.
- 과장하거나 감추는 말을 피해야 한다.
- 실제 감정과 의견을 속이지 않는다.
- 정확히 전달되지 않았다면 반복해서 말한다.
- 부부 사이일지라도 경제적 적응을 해야 한다.

타인으로부터 일을 부탁 받는 것이 싫은가?

노력이 적으면 얻는 것도 적다.
인간의 재산은 그의 노고에 달렸다.
_헤리크

　타인에게 일을 부탁하기 어렵다고 느껴짐은, 자기에게 문제가 있어서 그와 같은 마음을 갖는 것은 아니다. 오히려 상대에 대한 저항감 때문일 것이다.

　동료나 개인에게 업무를 배정하고 책임 소재를 전가시키면, 일을 의뢰 받는 사람은-남자나 여자, 아이들까지도-타의에 의해 부탁을 받고 무엇인가 하지 않으면 안 된다는 본능적인 저항감과 명령하는 사람이 되고 싶다는 우월감이 작용한다.

　그러므로 타인에게 심지어 부하직원에게까지 요령있게 일을 부탁하는 재능이 필요하게 되었지만, 업무내용에 관한 설명조차 제대로 하지 않고 의뢰하는 일이 얼마나 중요하며 의의 있는 것인가를 말하지 않고 명령적으로 부탁한다면 반사적으로 기피를 당하게 된다.

　의뢰 받는 상대에게 의무와 책임을 부여할 때의 최종적인 결과는 그 일을 맡긴 자신에게 있다고 하는 입장을 자각해 주기 바란다. 그러므로 일방적으로 부탁만 하고 그대로 내버려두어서는 효과를 거둘 수 없다.

　만약 적임자가 아닌 사람에게 부탁했다면 자기의 잘못을 인정하고 곧 다른 사람을 찾아야 한다.

일을 부탁하기에 알맞은 사람을 선택했으면 그에게 업무내용을 자세히 설명한 다음 여건을 만들어주는 것이 상사의 태도이다. 책임을 주면서 충분히 능률을 발휘할 수 있도록 배려하는 마음이 더 중요하다.

물론 그 모든 것을 관리하는 것은 당신이다. 당신은 그 사람과 함께 계획을 세우고 기한을 정했으나 맡긴 일을 항상 지켜보고 돌발적으로 일어날 수 있는 문제에 대비하지 않으면 안 된다.

백번을 살 것처럼 일하고
내일 죽을 것처럼 기도하라

가장 잘 할 수 있는 일부터 맡길 것

삶을 살면서 일을 생각하는 사람은 행복하다.
그에게는 다른 행복을 찾을 필요가 없다.

_칼라일

내 자신이 잘 알고 있는 업무를 남에게 맡김으로써 시간을 절약하는데 도움을 받고 있는 여성은 상당한 시행착오를 반복하지 않으면 안 되었다고 말하고 있다.

교사 리즈 울프는 의뢰에 대한 불만, 그것을 극복하는 과정, 그 이점을 다음과 같이 말하고 있다.

"일을 다른 사람에게 맡긴다는 것은 내 자신이 그만큼 성장되었다고 생각한다. 처음은 다른 사람에게 일을 부탁하다는 그 자체가 대단히 부담스러웠다.

그러자 부탁할 수 있는 직책을 맡은 다음부터 용기를 내어 부하직원에게 일을 맡겨야 한다는 또 다른 책임감에 부담을 느끼지 않을 수 없었다. 그러나 다소 익숙해지자, 지금은 타인에게 부탁하는 요령이 매우 좋아졌다. 하지만 마지막에는 내 스스로가 그 일을 두 번 다시 하지 않는다는 부분이 가장 어려웠다. 마치 초점이 어긋난 그림이나 불분명한 장면을 보고 있는 듯한 느낌이고, 특히 중요한 업무일 때는 손을 대지 않고 방관하기에는 상당한 인내가 필요했다.

그러나 다른 사람에게 업무 지시를 한 후 조금 지나면 비교적 냉정한 마음이 되는 것 같았다. 나에게 없는 재능이 그들에게 있다는 능력을 발견하면서 그것을 활용할 수 있게 되었다. 그런 방법을 어떤 강습에서 배운 것이 도움이 되었다.

인물평을 쓰기 위한 조사를 하고 있을 때, 그 중의 몇 사람은 많은 편의를 제공해 주고, 자기 자신들의 일인 것처럼 도와주어 쉽게 해결할 수 있었다. 이때 나만의 방법을 고집스럽게 강요해서는 안 되며, 그들의 재능을 살릴 방법을 생각해야 한다는 것을 깨달았다.

내 밑에서 일하는 사람들 가운데 나와는 전혀 다른 자기 나름의 방법을 가지고 있는 점에 주목해 볼 필요가 있다. 그 점을 잘 살려나가면 된다고 하는 성취감을 잊지 않도록 하고 있다. 그에게 자신의 방법으로 업무능력을 시험해 볼 기회를 주지 않으면, 어떤 것이 가장 좋은 방법인지조차 모르게 된다."

또 울프는 다음과 같이 말을 이었다.

"처음에는 다른 사람에게 일을 맡겨도 시간이 절약되지 않았다. 왜냐하면 내가 다시 살펴보지 않으면 안 되었기 때문이다. 그러나 점점 경험을 쌓아서 상대방의 방법도 받아들이는 아량과 일을 타인에게 부탁하는 것이 얼마나 협조적인 처리 방안인가를 깨닫게 되었다."

타인에게 일을 맡긴다고 하는 작은 용기는 보상가치가 있는 훌륭한 방법이다. 용기를 가지고 맡겨볼 일이다.

▋ 어드바이스(advice)

"용기를 갖고 일손을 더는 방법을 취하면, 기대한 만큼의 결과를 얻을 수 있다.

- 자기보다 지위가 높은 사람에게는 의뢰하지 않는다.

- 책임과 권한을 함께 부여한다.

- 일을 맡긴 부하를 신뢰한다.

- 의사전달을 명확하게 한다.

- 어느 부분은 그대로 장악해 둔다.

또 한번 반복하지만, 자기가 가장 잘 파악하고 있는 일을 의뢰한다.

완성된 일에 확신을 갖게 함으로써 단시간에 처리할 수 있는 신념을 갖게 한다.

리더가 되기를 원하는가?

이 세상에는 두 가지 타입의 인간이 있다. 하나는 리더라고 불리우는 사람이며, 또 하나는 그것에 따르는 사람이다. 당신은 리더가 되기를 원하는가? 아니면 리더를 따르는 사람이 되고 싶은가?

리더가 되느냐, 되지 못하느냐에 따라 보수의 차이는 커진다. 종속자가 되는 것이 결코 불명예스러운 것은 아니다. 또 언제까지나 종속자이어야만 한다는 규칙이 있는 것도 아니다.

처음부터 리더로 시작하는 것은 아니다. 리더가 된 것은 그들이 지성에 가득찬 종속자였기 때문이다. 가장 능률적으로 리더에 따라갈 수 있는 사람은 대개의 경우 급속하게 리더로서의 재능을 개발해 갈 수 있는 사람이다.

일을 맡았으면 이런 점을 알아두자

유년시절을 갖는다는 것은 하나의 삶을 살기 전에
무수한 삶을 산다는 것을 말한다.
_릴케

일을 맡은 쪽은 자칫하면 이용만 당할지도 모른다는 불신감을 마음 속에 갖게 된다.

그런 경우 업무내용은 잡다한 뒤처리로 끝난다. 이때 업무능력을 향상시키기 위해서는 아무런 도움이 되지 않는다고 명확히 말하는 것이 좋다. 그렇지 않으면 쓸데없이 시간만 낭비하게 되는 결과만 얻을 뿐이다.

예컨대 평소에는 전화로 업무처리를 하고 있던 사람이 중요한 서류를 작성하도록 의뢰 받는 경우라면 상당한 부담을 가지게 될 것이다. 그럴 경우 업무를 의뢰하는 사람과 받는 사람 사이에 합의가 이루어지면 일이 완성할 때까지 일정기간 동안은 전화 대응에 방해를 받지 않는 시간을 만들 수 있다.

그것이 상사와 부하 사이라면 의뢰 받은 직원이 서류를 완성하고 있을 동안 상사가 대신 전화를 받아 처리해줌으로써 화목을 도모하여 발전된 계기를 만든다.

이때 중요한 점은 부탁하기 전에 일을 완성시키는데 걸리는 시간, 마감은 언제인가, 무엇을 우선으로 할 것인가 등을 잘 의논해서 정할 일이다.

만일 당신이 일을 의뢰 받은 쪽이라면, 무엇인가의 이유로 그 일이 잘 될 것 같지 않다는 판단이 들면 더 늦기 전에 불분명한 의문을 상사에게 의논해 보는 것이 현명한 방법이다.

그러나 당신이 의뢰하는 쪽이면, 상대가 그 이외에 무슨 생각을 가지고 있는가를 이해하도록 해서 실현 가능한 기한을 정함과 동시에 책임도 함께 질 수 있는 범위 내에서 맡기도록 한다.

당신이 윗사람으로부터 부탁을 받는 쪽이면, 어떤 조건이면 더 좋은 일을 할 수 있다는 뜻을 분명히 상사에게 전하는 편이 현명한 방법이다.

예컨대 많은 책임량을 부여 받는 업무라면, 우선 순위가 낮은 잡무는 뒤로 돌릴 것이며, 이제까지 해온 중요하지 않은 잡일을 덜어준다는 등의 조건을 분명히 밝히고 양해를 얻도록 한다.

나는 작은 것에서도 기쁨을 느낀다.

집안일을 다른 사람에게 맡길 때의 지혜

그대 마음의 뜰에다 인내를 심어라.
그 뿌리는 쓰지만 열매는 달다.
_오스틴

　가족에게 집안일을 맡길 때 가장 문제가 되는 점은 주부의 경우 남편이나 아이들에게 그 일을 할 능력이 없으니까, 미리부터 제쳐놓아서는 아무것도 이룰 수 없다.

　반대로 안심이 되는 부분은 일한 댓가로 급료를 지불하지 않아도 되며, 언제 그만둘지 모른다는 긴장 관계로 맺어져 있지 않은 가족이라는 애정과 이해로 서로 도울 수 있다는 분위기다.

　다소 극단적인 표현이 될지 모르나 사회생활처럼 가정의 일도 누군가에게 맡길 수만 있다면 많은 시간을 절약하여 활용할 수 있다.

　우리 여성들의 가사노동이란 대체로 매일 반복되는 청소, 세탁, 요리, 설거지 등을 들 수 있다.

　이때 남편은 접시 닦는 일을 도와줄 수 있을 것이고, 18세 이상의 장녀라면 승용차 대리운전이 가능할 것이다.

　나이 어린 자녀라면 간단한 정리 정돈은 도와줄 수 있다. 다소 가계가 허락되고 무리하지 않는 범위 내에서 한 주에 한 번쯤은 도우미에게 가사일을 부탁하여 도움을 받는 것도 한 방편이 된다.

　가정 안에서 식구들의 협조나 도움을 받지 않고 모든 일을 혼자 해결하려 한다면 당신에게 있어 가정은 더 이상 행복의 보금자리가 아니다.

신문편집자인 심프슨은 직장에서는 일을 동료직원들에게 의뢰할 수 있지만, 가정에서는 아이들에게 맡길 수 없다고 말한다. 그 때문에 지금도 '자기는 마치 노예나 가정부와 같다'고 서슴없이 불평을 말하고 있다.

육체적 고통은 정신으로 치유할 수 있다.

살아가려면 고통은 피할 수 없고, 없애는 방법도 없다. 하지만 마음먹기에 따라 모든 고통을 어느 정도는 조절할 수 있다.

옛날의 성인들은 일부러 고통을 찾아 맞서기도 했다. 힘을 주면 육체는 강해진다. 그러므로 정신에도 힘을 주어야 한다.

우리가 가지고 있으면서 기른 용기, 결심, 긍지 등은 무엇에 쓸 것인가? 고통이 없다면 그것들은 의미가 없다. 인간의 본성에서 가장 강력한 것은 정신력이다.

우리의 모든 힘, 육체의 힘과 정신의 힘이 한데 합쳐지면 그 강도의 힘은 어떠한 것으로도 막을 수 없다. 한 가지 일, 한 가지 문제에 전력투구하는 사람 앞에는 어떠한 장애물도 막지 못한다.

♥ "도와 줘!" 하고 용기를 내서 말해 보라

인생은 교향악이다.
삶의 순간순간이 각각 다른 합창을 하고 있다.
__로망롤랑

여성이 가정에서 식구들로부터 협력을 받을 수 없는 원인은 무엇일까?

그것은 "도와 줘!" 하고 말하지 않기 때문이다.

그런 말을 못하는 이유는 미안한 생각이 들어서일까. 가정주부로서의 권한을 빼앗기는 것 같은 불안감 때문일까. 말하지 않아도 알아줄 것이라는 기대감 때문일까?

이는 무엇보다도 "도와 줘!"란 말이 좀처럼 나오지 않아서 능력에 맞는 가사분배를 못하고 있다는 이유 때문일 것이다.

에드윈 프리스는 『시간관리의 ABC』란 책 내용에 '자녀들에게 가사를 분담하지 않는 어버이는 절대로 좋은 부모라고 말할 수 없다'라고 쓰고 있다.

"도와 줘!"라는 말 때문에 가사를 분담하지 못하고 있다면 문제는 간단하다. 식구들과 의논하면 된다.

자기의 생각을 가족에게 분명히 전하지 않으면 모든 일을 혼자 도맡아 처리하지 않으면 안 되는 고통을 받는다. 말하지 않아도 알아줄 것이라는 안이한 생각으로는 문제가 해결되지 않는다.

침묵으로 식구들을 노려본다든지, 그 밖의 방법으로 자기의 의사를 전하려고 한다면 오히려 역효과를 불러일으킬 뿐이다.

당신은 누구인가?

당신은 지식인이나 대단한 학자는 아닐지 모르지만, 그들 못지 않게 세상 일에 밝다. 숲속의 동물처럼 당신은 기민하고 민첩하며 적응력이 강하다. 당신은 세상 돌아가는 이치를 알고 있고, 한편으로는 올바른 상식이라는 것을 가지고 있다. 당신은 가슴속 깊이 만족감을 느끼고 싶어할 뿐만 아니라 물질적인 축복도 받고 싶어한다.

당신은 인생이 빈약하고 무미건조하기보다는 풍요롭기를 바라지만, 이러한 소망은 당신을 몽상가나 이상주의자와 구별해 준다. 당신이 원하는 것이 별로 댓가가 크지 않다는 생각이나 하면서 헛된 시간을 보내지 않는다. 당신은 자신이 원하는 인생을 위해 치루어야 할 댓가가 다름 아닌 일이라는 것을 알고 있다.

열심히 일을 하지 않고는 좀 더 나은 인생을 바랄 수 없다는 것을 잘 알고 있다. 당신은 그러한 인생을 살기 위해서는 스스로 열심히 일을 해야 한다는 목적을 인식하고 있다.

♥ 남편에게 가사를 부탁할 때

인생은 학교다.
그곳에는 행복보다 불행 쪽이 더 좋은 교사이다.
_프리체

　자유직업인 컨설턴트 셀 휴우는 세 명의 가정부를 고용하고 있다고 했다. 그들이란 남편, 딸, 그리고 막내아들을 말함이다.

　"우리 집에서는 가계부가 허용하는 한 남에게 맡길 수 있는 일은 되도록 의뢰하고 있는 형편이다. 대부분의 가사는 가정부에게 맡기고, 잔디 깎기와 정원 손질도 필요할 때마다 사람을 고용한다. 힘든 세탁물은 세탁소에 맡기고, 몹시 피로한 날은 외식으로 저녁식사를 대신한다. 되도록 밖의 서비스를 이용한다는 것이 우리들의 생각이다. 8세가 된 딸아이의 도움을 요구하는 경우가 있다. 우리 집에서는 저녁식사가 끝나면 모두가 설거지를 한다. 저녁 때는 되도록 쓰레기를 밖에 내놓고 자기의 세탁물을 정리하여 누구든지 쉽게 처리하도록 한다."

　이처럼 협력을 얻고 있는 휴우이지만, 가사 분담에 두 가지 고민이 있음을 알 수 있었다.

　"확실히 협력을 해주고 있다. 그러나 딱 정해진 것이 아니기 때문에 '이것을 정리해 줘요.'하고 늘 부탁하는 쪽은 언제나 나 혼자 뿐이다."

　그리고 또 한 가지를 곁들여 말했다.

　"딸이 도와주는 것은 좋지만 방해가 되기도 한다. 그래서 딸에게는 가사에 대한 책임을 가르쳐 주지 않으면 안 되었다."

남편이나 아이들에게 가사를 가르치는 일에 대해 처음에는 시간이 걸릴지도 모르지만, 얼마쯤의 시간이 흐르고 같은 일이 반복되면 반드시 잘 했다고 생각될 때가 올 것이다.

휴우도 그 사실을 잘 알고 있었다.

"저녁 식사 때는 세 식구가 모여 한가하게 먹고 있지만 함께 식사 준비나 설거지를 할 때도 우리들은 여러 가지 이야기를 나눈다. 그것은 정보제공의 수단이며 화목을 다짐하는 시간이기도 하다."

"자, 빨리 이 귀찮은 일을 해치우자 하는 생각으로 되도록 한꺼번에 가사 정리에 서로 협력하는 분위기를 만들고 있다."

자유기고가인 마크의 남편 게리는 두 사람이 함께 있을 수 있는 시간을 더 많이 가지려면 가사를 돕는 것은 당연한 일이라고 하며 아내를 도와주고 있다.

그리고 용기를 내서 남편에게 가사조력을 부탁했으면 타인에게 일을 의뢰했을 때와 같은 원칙을 지키기 바란다.

남편이 도와주는 일에 대하여 잔소리는 절대 금물이다. 남편이 잘 할 수 있는 일, 되도록이면 좋아하는 가사를 조력 받도록 하자. 너무 심한 비판은 삼가고[처음하는 일이기 때문에 서투른 것은 당연하다] 잘 하면 칭찬을 아끼지 않는다.

아이들에게 가사를 분담할 경우도 원칙은 같다. 무엇보다도 아이들이라면 서로 마음의 접촉을 첫째로 해서 가사일을 돕도록 하면 더 좋은 효과를 거둘 수 있다.

당신의 적성에 맞는 직업은 어떤 것일까?

직업 선택에 처음부터 확신을 갖지 못함은 당연하다. 당신은 어떤 직업에 적합한가를 알기 위해 적성검사를 해본 일이 있는가.

당신은 이런 문제로 머리를 쥐어짜며 궁리하다가 끝내는 지쳐 버리게 될 수도 있다. 하지만 일단 직업을 갖고, 자신을 시험해 보면 생업에 관한 결정을 훨씬 쉽게 내릴 수 있다. 당신이 직업을 갖고 일에 대한 보수를 받게 될 때 비로소 재능을 발견하게 되며 자기의 적성에 맞는가의 여부를 확인할 수 있을 것이다.

분쟁 속에서 많은 것을 얻으려 하지 말라

바쁜 여성일수록 가정생활의 아이디어가 풍부하다

타인의 생활과 비교하지 말고
그대 자신의 생활을 즐겨라.
_콩도르세

시간관리는 능률보다 질의 향상을 중시하지만, 능률을 배제해서도 안 된다.

능률이 효과적으로 나타나면 여기서 5분, 저기서 3분이라는 시간이 절약됨은 당연하다. 시간을 잘 활용하여 쓰면 물이 불어나듯 필요한 만큼의 시간이 만들어진다.

여기서 소개하는 내용은 시간을 절약하는 가사의 비결이다. 이미 경험하고 있는 사람들의 이야기를 듣는다든지, 자기들 끼리 실천해 봄으로써 얻어지는 결과이다.

시간관리를 잘 함으로써 능률을 향상시키는데 갖는 의미는 일의 질이 보장되고 있는 경우뿐이다. 그러나 일의 양을 줄일 수 없는 경우도 있을 것이다. 그런 때는 이제부터 소개하고자 하는 방법을 시도해 보기 바란다.

출근시간을 절약하는 화장법, 몸단장

자존심은 어리석은 자가 가지고 다니는
사치한 물건이다.

_헤로도토스

아침의 불필요한 혼란을 피하기 위해서 화장실을 가족 끼리 중복되지
않게 사용한다. 가급적 면도나 머리감는 일은 전날 밤에 미리 정리해 두는
것도 번거로움을 피할 수 있다.

꼭 아침에 해결해야 할 사람은 샤워실을 사용하도록 배려한다. 그 밖의
손질−손톱, 눈썹, 탈모, 염색, 표백 등등 시간이 걸리는 치장은 가급적 밤
에 해 둔다.

화장품은 한 장소에 정리해 두는 습관을 가족 모두가 가진다. 여러 가지
크기로 구분된 플라스틱 상자는 매우 효과적이다.

화장품 회사의 미용사원으로부터 가장 빠른 화장법을 지도받는 것도 요
령이 될 수 있다. 아침은 바쁘지만 그래도 되도록 아름답게 가꾸고 싶은
것이 여성의 본능이다.

올슨은 샤워를 하기 전에 미리 화장부터 한다고 했다. 왜냐하면 어느 미
용사에 의해 얻은 상식으로 얼굴에 부드러운 윤기가 감돌기 때문이라고
했다. 화장을 엷게 한다는 미용법도 생각해 볼 필요가 있다.

헤어스타일에 관해서는 단골 미용사에게 자신의 용모에 맞는 빠르고도
간단히 할 수 있는 스타일을 상담해 보는 것도 시간절약의 요령이다. 파마

머리는 다소의 경비가 들지만 긴 안목으로 보면 경제적이고 시간적으로도 이득이다.

개성적인 여자가 돋보인다.

독특하다는 말을 바꾸면 돋보인다는 말이 될 것이다. 평범한 외모의 여성들이 개성을 가꾸어야 하는 것은 자신을 돋보이게 하기 때문이다. 그렇다면 대체 어떤 방법으로 개성적인 여자가 될 수 있을까?

오늘 아침 나는 삼면으로 된 거울을 보면서 내 모습을 찬찬히 관찰하였다.

역시 나는 미인이 아니었다. 그래서 나는 자신에게 속삭였다.

"더욱 친절해라. 애정을 간직한 여자가 되라. 테레사 수녀, 루즈벨트 대통령 부인, 헬렌 켈러를 생각하라."

결국 개성있는 사람이란 책임감을 가진 사람이란 말이 된다. 당신이 하겠다고 약속한 일을 실천하고, 친구와 우정을 지속하고, 능력있는 여자가 되는 것이 바로 개성적인 여자다.

액세서리와 그날 입을 옷을 옷걸이에 걸어 놓는다

현명한 사람은 정열의 주인이 될 수 있으나
어리석은 사람은 노예가 되어 버린다.
_시러스

옷은 주말에 손질하고 정리하여 다음 주에 입을 것을 하루분씩 차례로 복식 옷걸이에 걸어 놓는다. 되도록 그날 입을 옷을 미리 준비하면 혼잡을 피할 수 있다.

그런 다음 스커트, 스타킹, 액세서리 등을 넣은 비닐커버를 함께 걸어 놓는다.

이와 같이 처음부터 계획을 세워두면 세탁이 필요한 것, 다림질을 해야 할 것, 수선이 필요한 것 등을 구분할 수 있어서 혼란을 일으키지 않는다. 일주일 분량의 옷이 없는 사람은 다음날 입을 옷을 미리 준비해 놓도록 한다.

핸드백은 입고 있는 복장에 맞는 것, 중간에 바꾸지 않아도 될 성질의 것을, 다소 무리해서라도 구비해 두면 더욱 좋다.

간단하고 맛있는 아침식사는 어떻게 준비할까?

아침식사는 되도록 간단히 만들 것을 권장한다. 여러 가지를 준비하고 조리하면 그만큼 설거지에도 많은 시간을 필요로 하게 된다.

간단하고 영양 밸런스가 좋은 아침식사를 위해서라면 다음과 같이 준비해 보도록 한다.

[믹서를 사용한 아침식사]

계란 1개, 바나나 1개, 오렌지 주스, 소맥의 배아, 벌꿀을 넣어서 믹서로 돌린다.

[인스턴트 식사]

보리빵, 냉동된 와플, 주스, 커피.

[계란과 과일]

계란후라이에 과일을 곁드린 아침식사는 준비가 빠르고 저칼로리에 영양이 풍부하다.

다소 가격이 비싸더라도 편리한 식품을 이용하는 것도 생각해 볼 일이다. 저장하기 쉽고 아침 준비, 설거지에도 간편한 이점이 있다.

대학졸업장이 꼭 중요한 것은 아니다

물론 의사, 변호사, 교수가 되거나 과학계에 종사하자면 대학을 나올 필요가 있다. 한편 인사관리자들은 당신의 입사원서에 학사학위나 석사학위[박사학위까지]가 기재되어 있는 것을 좋아한다.

하지만 당신이 원하는 직업을 얻는데 대학졸업장이 반드시 필요한 것은 아니다. 교육을 받고, 사유 방식을 배우고, 지적 성장을 위해서는 대학에 가야 하지만, 모든 세상사를 배우고 더 나은 직업을 갖기 위해서는 직장에서 일을 해보아야 한다. 대학 학위가 당신을 최초의 직업에서 수완가로 만들어주지는 못한다.

몸이 거북할 정도로 먹지 말라.
기분이 흐트러질 정도로 마시지 말라.

❤️ 가전 제품을 잘 활용한다.

변화를 추구하는 시기는 두려움의 시기일 수도 있고 기회의 시기일 수도 있다.
그들 중 어느 시기를 맞이하느냐 하는 것은 당신의 태도에 달려 있다.
_윌슨

　　점심식사를 싸 가지고 출근해야 하는 경우라면 저녁식사 때 미리 도시
락을 준비해야 한다.

　　매일 도시락을 준비해야 한다면 전날 밤에 반찬은 물론 간식용으로 부
패하지 않는 것[쿠키, 과일, 비스켓]을 조리해 둔다.

　　아침에 샌드위치를 냉장고에서 꺼내 도시락에 넣어 가지고 가면 된다.

　　요리는 한 번에 많은 양을 만들어서 냉동 저장한다. 고기를 이용한 토스
트는 일주일 분을 미리 만들어 두면 편리하다.

　　요리기구나 부패하지 않는 식품은 문이 없는 장소에 보관하면 열고 닫
는데 소비되는 시간을 절약할 수 있다.

청소, 세탁, 쇼핑, 집안일을 간소화한다

끝없는 욕망에는
끝없는 근심과 불안이 뒤따른다.
_풀러

　침구 정돈은 간소화하도록 배려한다. 세탁이 잘 되는 천이불을 만든다. 베드 커버를 겸한 시트도 한 방법이다.

　세면장의 비누 밑에 스폰지를 깔아 놓은 다음 비눗물에 젖어 있는 스폰지로 세면대를 닦아내면 절약에 도움이 된다.

　방의 먼지를 털어내던지 진공청소기를 사용할 때는 여러 방을 대충 청소하지 말고 방 하나라도 철저하게 정리하는 습관을 지니도록 한다.

　세탁기는 흰색 세탁물을 넣는 상자 대용으로 이용한다. 그러면 세탁물 선별하는 시간을 절약할 수 있다. 세탁기에 적당히 빨래감이 차면 스위치를 누르면 된다.

　자질구레한 일은(드라이크리닝, 구두수선 등) 일주에 한 번 가족 중의 누군가가 맡아서 처리하면 다른 식구들이 더 많은 시간을 활용할 수 있다. 각각 전용상자를 준비하고 자기 물건은 지정된 상자에 넣도록 하는 습관을 가진다.

❤️ 입지 않는 옷은 미련없이 처분한다

지식이 보배이긴 하지만 실행하지 않으면
아무 소용이 없다.

_토마스 풀러

공간이 있으면 비옷, 장화, 모자 등은 쉽게 손이 닿는 장소에 걸어두거
나 놓아두면 편리하다.

이 외에도 장기적인 보관 요령이 필요할 때가 있다. 여론조사 회사에 근
무하는 카자일은 이렇게 말했다.

3개월에 한 번쯤은 벽장, 장농, 선반을 체크해서 쓸데없는 물건은 서슴
없이 폐기한다. 그다지 좋은 습관은 아니지만, 이렇게 하면 정리도 되고
뒤끝이 깨끗하다.

이 옷은 1년 동안 한 번도 입지 않으므로 아무 쓸모가 없다는 결론에 도
달하면 깨끗이 단념하는 자기 훈련도 중요하다.

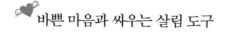

바쁜 마음과 싸우는 살림 도구

이 세상에는 두 가지의 비극 밖에 없다.
갖고 싶은 것을 갖지 못하는 것과 갖고 싶은 것을 손에 넣는 것이다.
_오스카 와일드

시간 절약에 도움이 되는 신상품은 많이 개발되어 있지만, 그 모두가 당신에게 적합한 것은 아니다.

다음 것들 중에 당신의 구미에 맞는 이상적인 물품이 있을 것이다.

[전기 밥솥]

시간 개편을 가능하게 하는 상품 중에서 단연 대표 선수격이다. 소요되는 시간은 변동이 없지만, 전날 밤이나 아침에 재료를 넣어두면 일이나 쇼핑, 또는 외출에서 귀가했을 때 이미 식사준비를 대신해 주고 있다.

[전자레인지]

직장 여성을 염두에 두고 만들어진 상품이지만 근래에 이르러서는 다양화된 가전제품이다.

[믹서]

아침식사가 다급해졌을 때 식품을 잘게 썰거나 음료수를 제공해 주는데 매우 편리하다.

[휴대폰]

휴대하고 외출했을 때 사무실이나 가정으로 전화 연결을 도와준다.

피로와 긴장은 다이어트의 적이다

피곤하고 긴장되어 있을 때는 식욕을 잃는다고 생각하나 반드시 그렇지 않은 것 같다. 불충분한 상태이거나 수면부족, 극심한 피로감에 빠져 있다면 다이어트를 할 수 없다.

개인적인 파국을 초래하는 문제에 직면해 있다면 긴장감 때문에 음식을 먹을 수조차 없을 것이다. 그러므로 편안한 상태일 때 다이어트를 시작해야 효과를 얻을 수 있다.

근면은 빚을 갚아주고 절망은 빚을 늘려준다.

❤️ 인생의 파트너와 교제하는 시간도 충실하게 한다

과거는 잊어버려라. 과거에 집착해서
성공한 사람은 아무도 없다.
_프랭클린

　시간 활용이 제대로 이루어지지 않고 있을 때는 그 내용을 우선 순위에
둘 것이 아니라, '가장 큰 목소리로 식구들의 도움을 구하는 것'을 급선무
로 하는 것이 바람직하다.

　그런 경우 제일 먼저 희생당하는 것이 자기 시간이다.

　무엇보다도 결혼한 여성이라면 남편과 함께 있는 다정한 시간이 희생당
하게 된다.

　대개의 남편은 큰 소리로 도움을 구하지 않는다. 남편은 아내의 입장에
서 사소한 집안일로 상대할 시간이 없을 때가 더 많은 가부장적 권위의 상
징과 같은 존재라고 생각하고 있는 것이 아닌지.

　어느 정도 맞는 말이지만, 아무리 이해심이 깊고 이상적인 남편이라도
그와 같은 시간이 계속되어 무시당한다는 생각이 들면 자기 자신을 바로
세우기 위해서라도 목소리를 높이게 된다.

　요즈음의 대다수 여성들은 직장 갖기를 원하고, 남성도 인정하고 있다.
그러나 직장일로 하여 가정으로부터 멀리 떨어져 있거나 궁지에 몰아넣지
않도록 남편과의 시간을, 아이들과의 시간을 배려해야 한다.

다이어트를 위한 몇 가지 조언

- 적은 양의 음식을 먹을 때는 천천히 식사를 한다.

- 음식을 먹는 동안에는 물이나 다른 음료는 마시지 않는다.

- 배가 고프지 않는 한 먹지 않는다.

- 완전한 포만감을 느끼기 전에 식사를 중단하라. 이는 가장 지키기 힘
  든 법칙이다. 70~80%의 포만감에 만족하라.

- 초콜릿, 케이크 등 자질구레한 간식들은 옆 사람에게 주어라.

- 매일매일 체중을 체크한다.

- 너무 조급해하거나 또 너무 긴장을 늦추어도 안 된다.

- 다이어트에 대해서 적극적인 자세로 임하라.

자기 자신을 다스릴 수 있는 사람이
가장 강한 사람이다.

♥ 가족과 함께 보낼 시간을 늘 염두에 둔다

한 인간이 얼마나 위대한가는 그의 경쟁자들이
그를 얼마나 시기하고 부러워하고 미워하는지를 보면 알 수 있다.
_에머슨

남편과 이지적으로 즐거운 관계를 구축하려면 항상 대화를 나누고 서로를 이해하면 된다고 하는 안이한 생각에 빠져 있다면 착오다.

그러나 두 사람이 함께 있는 시간을 더 늘리면 되지 않느냐는 설명만으로는 설득력이 없다.

어떻게 하면 두 사람이 함께 지내는 시간을 더 많이 가질 것인가, 그것을 계획하고 실행에 옮기는 것이 바로 커뮤니케이션이다.

두 사람이 함께 만족할 만한 방법이 발견될 때까지 다소의 시간이 걸리겠지만, 어쩌면 내일 아내의 무관심 속에서 남편은 바람과 함께 사라지고 아무리 당신이 사업이나 직장에서 성공을 이루었다고 해도 지금과 같이 행복한 상태가 계속될지 예측할 수 없다.

한편 가족과 함께 나누는 즐거움, 예컨대 인생에서 무엇이 가장 중요한가를 생각해 보았을 때, 가정이라고 믿는 여성이라면 사업 계획을 세우는 단계에서 꼭 남편을 참여시키기 바란다.

그렇지 않으면 매사를 원만하게 진행시킬 수 없다. 자칫 잘못하면 안팎의 일을 모두 혼자서 감당해야 하는 수퍼우먼이 되는 수밖에 없다.

'남편과 지내는 시간을 만든다'는 것은 결혼한 여자라면 아무리 사회

생활에 얽매어 있더라도 피할 수 없는 자신의 중요한 일임을 명심하기 바란다.

패션은 당신의 인생에 즐거움을 더해 준다

우리는 계절이 바뀔 때마다 옷기장을 짧게 하라, 늘려라, 허리를 조여라, 터 놓아라, 어깨를 좁게 하라, 어깨심을 넣어라, 앞가슴을 펴라, 색상은 회색으로 하라, 베이지색으로 하라, 갈색으로 하라 등등 정신을 못 차릴 정도로 주문한다. 확실히 패션은 새롭고 신선하며 결코 지루하지 않은 생동하는 아름다움이다.

'옷을 통하여 자신을 표현할 가능성을 찾지 않는다면 인생은 너무나도 따분할 것이다.'

'우리는 어떤 이미지를 나타내려 할 때, 옷은 그것이 어떤 것이든지 간에 우리를 표현할 수 있도록 도와준다. 다른 분위기에 맞는 옷차림… 그것은 여자로서 대단한 즐거움이다.'

휴일 이외에도 남편과 밀회하는 지혜

세상 사람들은 모두 자기의 기억력을 탄식한다.
하지만 아무도 자기의 비판력을 탄식하지는 않는다.
_로슈푸코

결혼한 남자와 데이트하는 것은 좋지 않다는 사람도 있지만, 이 문제는 남편으로부터 소외당했을 때 발전될 수 있는 가능성이다. 이렇듯 부부 사이일지라도 상대를 너무 무관심하게 대하면 남녀의 관계는 멀어지게 마련이다.

그 사실을 느꼈을 때는 이미 손을 쓰기에는 너무 늦은 경우라는 것을 경험하지 않을 수 없다.

남편을 위한 시간을 계획하고 실행하려는 여성이라면 결혼생활에 위기가 닥쳐온다 하더라도 슬기롭게 극복할 수가 있고, 항상 남편과 연인 같은 관계를 유지시킬 수 있다.

한 예로 쉘 휴우는 휴일 이외에도 남편과 밀회를 즐긴다고 말하지만, 그녀가 좋아하는 시간은 직장에서의 일이 끝난 뒤 귀가시간을 이용해 거리에서 데이트를 하는가 하면 함께 영화를 관람하고 주말에는 테니스를 치기도 한다는 것이다.

보험회사에 다니고 있는 오너 루바인은 자신의 경험을 들려주었다.

"두 번째 아이를 낳은 뒤, 다소 부부 사이가 소원해졌다는 것을 느끼게 되었다. 나는 어떤 방법을 동원해서라도 한 주에 한 번쯤은 둘 만의 시간을 가져야 되겠다고 결심했다. 우선 산책을 하는 일부터 시작하여 아이들을 떼어놓고, 둘만이 함께 보낼 수 있는 시간이 필요하다는 것을 절감했다. 여러 가지 일에 쫓겼던 탓에 거의 한 달씩이나 대화를 제대로 나누지 못했던 상태였기 때문이다. 그래서 일주일에 하룻밤만이라도 어떤 일이 있어도 함께 지내기로 단단히 약속해 두었다.”

예쁜 발은 여자의 마음을 아름답게 한다

예쁜 발의 최대의 적은 낡은 신발이다. 발가락이 편한 신발을 신어라. 뒷굽에는 신경을 쓰지 않아도 된다. 당신 발에 못 박히게 하는 신발은 값이 얼마든 간에 버려야 한다.

새 신을 고를 때는 발이 조이거나 너무 헐거워도 안 된다. 가까운 거리를 걸을 때라면 뒷굽이 높은 구두를 신을 수 있다. 그러나 산책을 하거나 가까운 슈퍼에 간다면 편한 신발을 신는다. 불편한 신발을 신었다면 레스토랑, 영화관 같은 곳에서는 잠시 벗는다.

가능하면 발을 깨끗하게 하라. 발톱이 잘 다듬어진 발은 섹시하게 보인다. 맛사지용 와셀린이나 로션을 발가락에 바르고 면양말을 신고 자면 부드러운 발이 된다. 피곤할 때 발을 씻으면 효과가 있다. 냉수와 온수로 번갈아 씻는다.

둘만의 시간을 확보하는 요령

기회는 새와 같은 것이다.
날아가기 전에 붙잡아라.
_실러

대화를 나누는 일 이외에 두 사람이 공동의 노력으로 무슨 일을 할 수 있는가를 염두에 두어야 한다.

두 사람이 배를 타고 어느 한적한 로맨틱한 섬에는 갈 수 없지만, 잠시 아이를 어린이집에 맡기고 분위기 좋은 레스토랑에서 함께 식사를 하는 방법도 좋은 휴식이 될 것이다.

무슨 일이든 다 그렇지만, 남편과의 관계도 자연의 흐름에 순응하는 것이 중요하다. 식사 뒷처리는 잠시 미루고 함께 산책길에 나서보는 것도 그 동안 은연 중에 쌓인 서로의 불만을 해소하는데 큰 도움이 될 것이다. 너무 집안일에 구속되어서 남편과의 시간을 좀처럼 가질 수 없다면 조급해 할 필요는 없다. 우선하고 싶은 일부터 해결한 뒤에 마음의 안정을 갖고 남편에 대한 애정의 손길을 뻗어도 결코 늦지 않다.

'지금 무슨 일을 하는 것이 가장 효과적인가?'

집안 청소인가, 세탁인가, 남편과의 대화인가를 생각해 본 다음에 우선적으로 하고 싶은 일부터 부담없이 처리하면 된다. 물론 가정부를 고용하면 남편과의 시간도 많아질 것은 틀림없다.

그런 여유가 없는 경우라면 남편과 함께 가사 정리를 통해서 서로의 마음을 주고받을 수 있는 기회를 마련한다. 때로는 솔직하게 도와달라고 부탁해 보는 것도 두 사람의 관계를 확인해 볼 수 있는 좋은 기회가 될 것이다.

그러나 남편과 잘 상의해서 결정해야 한다. 무리한 요구는 오히려 마찰을 불러일으킬 요소가 될 수 있다.

남편과 당신이 관여하지 않는 부분에서 이미 가지고 있는 책임[차량관리, 정원관리, 힘이 드는 집수리 등등]을 고려하지 않으면 안 된다. 자기 자신이 더 이상 아무것도 할 수 없듯이 남편도 사정은 같다.

아이가 있을 때는 친구나 친척, 이웃에 잠시 동안 맡기고 남편과 둘 만의 시간을 갖는 것은 어떨까.

이럴 경우 그에 대한 사례는 적당한 때에 상대의 아이를 대신 맡아주거나 다른 면에서 조력을 하면 서로 좋은 이웃이나 협력자로 시간의 여백을 활용할 수 있을 것이다.

자유직업을 가진 사람을 위한 시간관리

분수에 넘치는 야심 때문에 마음을 괴롭히지만 않는다면
대개의 인간은 작은 일에는 성공한다.
_롱펠로

    오늘날에 이르러서는 예정된 아침시간에 맞추어 직장에 도착하는 규칙
과는 달리 새로운 시간관리의 문제를 안고 있는 여성이 많아졌다.

    자유직업에 종사하고 있다든가. 이 책을 쓰고 있는 필자처럼 사무실 얻
는 비용을 절약하기 위하여 자택에서 일을 하거나 사업을 하는 여성들이
점차 늘어나고 있다.

    한편 많은 젊은 여성들이 이와 같은 직업이나 직장을 선호하고 있는 것
또한 현실적인 추세다.

자택을 사업장으로 해서 성공한 경우

일생에 가장 중요한 것은 직업의 선택이다.
그런데 그것을 좌우하는 것은 우연이다.
_파스칼

　그녀들이 안고 있는 문제는 직장생활을 하면서 한결같이 갈망하는 '자신이 하고 싶은 일을 원하는 시간에 할 수 있다면, 그것은 꿈과 같은 이야기다.'고 부러워한다.

　그러므로 자택에서 독립된 자유스러운 분위기 속에서 일을 하는 이점과 그에 따른 함정에 대해서 생각해 보고자 한다.

　이 꿈과 같은 환경을 구가하고 있는 사람도 있지만, 아무리 갈망하던 일이 실제로 주어져도 하지 못하는 경우가 있고, 처음부터 좋아하지 않는 사람도 있다.

　첫째는 자기 컨트롤이 가능한가 못하는가에 좌우된다.

　내가 집에서 일을 시작했을 때는 우선 시간의 범위를 정하고 내 자신을 자율하는 토대를 만들었다. 다행스럽게도 내가 원하는 대로 일은 순조롭게 진행되었다.

　독립된 취업시간을 오전 9시부터 오후 5시까지로 정했다. 얼마쯤은 잔업도 인정했다[하지만 실패하였다].

　사무실에 출근할 때와 같이 몸단장을 하고 9시 정각에 책상 앞에 앉는다. 점심시간까지 일을 계속하고[책상이 나의 유일한 사무실 공간이다]

점심시간이 되면 아파트를 나와서 공원에서 도시락을 먹는다.

한 시간 정도 쉬고 다시 집으로 돌아와 책상에 앉아 퇴근시간까지 일을 계속한다.

이와 같은 방법에 성공한 것은 내가 비교적 자제력이 있는 인간이었기 때문이라고 생각된다.

목표와 업무는 이미 확고하게 정해져 있었고 내 스스로 집에서 일을 하고 싶다는 욕망이 강렬했으므로 그것을 기능적으로 해결해 나가려면 어떻게 해야 되는가도 파악하고 있었다.

성공하기 위해서는 너무 인색하지 말라

일요일에도 근무하기 위해 출근할 수 있는가? 집에까지 일감을 가져갈 수 있는가? 고용주의 개인적인 일까지 도와줄 수 있는가?

고용주나 동료들에게 당신 스스로 거들어주는 것에 대해서 너무 인색하지 말라. 무엇보다도 신용을 얻도록 노력하라. 신입사원 시절에는 이 점이 가장 중요하다. 당신이 신입사원 시절에 보여준 이미지야말로 그 직장에 소속되어 있는 한 지속될 것이다. 그러므로 이것저것 따지지 말고 열심히 일하라.

🖤 자기 관리를 확실히 할 수 있다는 마음가짐이 중요하다

모든 지혜는 두 단어로 함축될 수 있다.
바로 기다림과 희망이다.
_뒤마

　자기 자신의 작업시간을 선정한다는 데는 의외의 함정이 있음을 주의해
야 한다. 만약 당신이 자택에서 일할 것을 생각하고 있다면 정직한 마음으
로 자기 자신에게 자문해 보기 바란다.

　"과연 나는 내 집을 사업장으로 이용할 만큼 자제심을 가지고 있는 것일
까. 집안에는 집중력을 방해하는 여러 가지 유혹이 잠재하고 있다. 그렇다
면 그것을 단절하고 일에 몰두할 수 있는 자신감을 갖고 있는가?"

　자유기고가 부칼타는 그 '집중력을 방해하는 것'을 역으로 이용하고 있
었다.

　"일이 제대로 손에 잡히지 않을 때는 기분을 전환시키기 위해 청소를 한
다. 사업장이 자택이라는 것은 하나의 잇점이 될 수 있다. 아이디어가 막
혔을 때는 곧장 일어나서 생각을 떠올리며 가구를 닦는다든지, 청소기를
사용하여 거실 청소로 기분을 전환시켜 본다."

　이와 같이 집안일을 사업시간 내에 편입시켜 잘해 나가는 사람이 있는
가 하면, 오히려 가사 때문에 정신이 산만해져서 일을 제대로 할 수 없다는
사람도 있다.

　친구들로부터 집에서 일을 하고 있기 때문에 언제든지 만나 잡담을 할

수 있을 것이라고 생각될런지도 모르지만, 한참 바쁘게 일하는데 친구가 불쑥 모습을 나타내면 어떻게 현재의 입장을 설명하면 좋을까. 그와 같은 돌발적인 일을 미리 생각해 두지 않으면 안 된다.

무엇보다도 어려운 문제는 자기 자신에게 일을 하고 있다는 사실을 알려주는 일이다. 바로 여기에 성패의 여부가 달려 있다.

어리석은 사람을 친구로 삼는 것은
면도날 위에서 잠을 자는 것과 같다.

집에서 일하는 공간을 확보한다

사랑은 모든 감정 중 가장 이기적이다.
따라서 사랑은 배반당할 때 가장 관대하지 못하다.
_니체

  우선 자기 전용의 작업장을 준비한다.

  식탁을 작업 테이블로 겸용하면 식사 때마다 정리하지 않으면 안 되는
번거로움이 있다.

  이런 경우 시간의 낭비는 물론이고 초조감의 원인이 된다. 방 하나가
무리면 방의 한부분이라도 구획해서 사업장 전용으로 활용하도록 할 일
이다.

  전화를 끌어 연결해 놓고 사무실에 필요한 서류나 사무용품 등을 비치
해 둔다. 이 공간은 나만이 쓸 수 있는 공간이며 사업에만 쓸 수 있는 작업
장이다.

  이와 같은 직업적인 사무실 구역을 확보하면 정신 자세도 변할지 모른
다. 한편 여성신문 제네비 믹 기자가 경험한 것과 같은 문제도 해소할 수
있다.

  "심각하게 고민한 점이 몇 가지 있었습니다. 늘 집안에 있으므로 주위
사람들로부터 용돈벌이로 일을 하고 있는 것처럼 보였다고 하는 점, 그리
고 매일 몸치장을 하고 머리를 만지고, 밖에서 많은 사람들과 교제하는 기
회가 없어졌다는 것은 다소 섭섭한 일이었습니다. 일을 위해서는 작은 희

생과 인내가 따른다는 것을 절실히 느꼈습니다. 때로는 고독감도 필수였습니다."

성공이 당신의 존재를 완전무결하게 만들지 못한다

크게 성공을 거둔 여자도 철저하게 공격을 받는 경우가 있다. 성공한 남자도 예외는 아니다. 연예계의 수퍼스타들도 평론가들로부터 심술궂을 정도로 공격을 받으며, 그 비난은 스타에게 상처를 준다. 권력자인 대통령도 신문여론으로부터 공격을 받으면 움추린다.

당신은 어떤 것[아이들, 가족, 연인, 직업]에 대해서도 열정을 느낄 수 있으며, 이것들에 의해 상처를 받을 수 있다. 상처 받는 것을 두려워하지 말라. 당신은 여러 번 상처 받을 수 있고, 그렇게 될 것이다.

하지만 그것이 당신에게 상처를 주지는 못한다. 상처를 뛰어넘어서 그 상처가 당신의 다음 계획에서 더 큰 성공을 거두는데 힘이 될 수 있도록 이용하라.

자기가 정한 집무시간을 알린다

삶을 두려워 말라. 살만한 가치가 있다고 믿으라.
그러면 믿음대로 될 것이다.

_제임스

또 한 가지 집에서 일한다는 자유스러움에 예외없이 붙어다니는 문제가 있다. 오히려 일을 과다하게 한다는 점이다.

"좀처럼 자리에서 떠날 수 없어 다른 일을 처리하지 못한다. 세탁을 할까. 지금 작업을 진행하고 있는 삽화를 끝마칠 것인가를 생각하다, 결국은 삽화 쪽으로 기울어진다."

일반적으로 자택에서 일하는 사람은 언제든지 쉴 수 있어서 좋을 것이라는 단면적인 생각을 가져보겠지만, 실제로는 그렇지 않다는 점이 오히려 더 큰 문제로 남는다. 일터가 바로 곁에 있으므로 나태함에서 쉽게 벗어날 수 없다는 것이다.

'5분만 더'라든가, '오늘밤 안에 이 일을 완성하자.'며 일을 계속할 수 있다는 것이 물리적으로 가능하므로[장기간 버스 안에서 흔들린다든지 차를 운전하며 출퇴근하는 것이 아니므로] 과도하게 일에 몰두한다.

그 뿐만 아니라, 당신이 늘 자택에 있다는 사실을 알고 있는 사람들은 언제든지 만날 수 있다는 생각에서 밤낮을 가리지 않고 수시로 전화를 걸어올지도 모른다.

예고 없는 방문이나 전화에 대응하려면 마치 24시간 노동이라는 중압을 받고 있는 것이나 다름없다. 이러한 번잡함으로부터 보호를 받으려면 엄격한 태도로 자기 자신부터 다루지 않으면 안 된다.

비즈니스에 관한 전화라고 할지라도 예고도 없이 저녁 때나 주말에까지 빈번하게 걸려오면 두려워 말고, 당신의 업무시간 마감을 분명하게 전해 주어야 한다.

자택을 일터로 할 경우 업무시간의 규제를 받지 않는 만큼 일을 마감하는 시간도 지키지 않으면 오히려 더 많은 것을 빼앗기게 된다.

성취감 높은 내일의 업무에 대해 때로는 과감하게 마음의 문을 닫는 용기가 필요하다. 그렇지 않으면 내가 오랫동안 반복해 온 것처럼 낮과 밤의 구별도 없이 주말까지도 일에 매달려 있게 된다(지금은 안 그렇다).

때로는 상담이나 회합, 강의에 출석해 보는 것은 어떨까. 대개의 사람들은 비즈니스 중심가에 살고 있지 않으므로 조금이라도 자기에게 도움이 되는 건강 상담이나 모임, 회합, 강연에 출석하려면 지역에 따라 멀리까지 외출해야 한다. 이에 소비되는 시간을 조절하지 않으면 오히려 업무의 장애 요소가 될 수 있다.

그러므로 밖에서의 모임이나 회합은 되도록 같은 날로 정하는 것이 바람직하다. 그렇게 하면 방해를 받지 않는 시간을 다른 날에 확보할 수 있다는 잇점이 있다.

이 전략을 추천하고 있는 사람은 상담역을 맡고 있는 게일 부칼타였다. 그녀는 교통 혼잡을 피할 수 있는 시간대에 맞춰서 강의나 회합시간을 배정해 두고 있다는 것이다.

보조 역할을 해줄 사람도 없고, 다른 사람의 손을 빌릴 재력도 없는 경우에는 스스로 얼마간의 직무를 수행하지 않으면 안 된다. 내 경험에 비추어 본다면 웬만큼 자기 자신의 마음가짐이 확고하지 않고서는 감당할 수 없을 정도로 어려움에 직면하게 된다.

처음에 의도하고 있던 것만큼 일이 진척되지 않고 있다는 사실을 깨닫게 된 나는 하나의 작전을 생각해 냈다.

즉 나 자신이 '비서'로서 몇 시간, '사무실 지배인 실콕스'로서 몇 시간을 구획짓고 적극적으로 활용해 보았다. 그러자 이 방법이 놀라울 만큼 업무를 진행시켜 주었다.

자기 몫에 만족하는 사람이 가장 부자다.

자택 근무자에게는 이런 장점이 있다

중요한 사람인 체 하지 말고 중요한 사람이 되라
영웅처럼 보이려 애쓰기보다는 영웅이 되기 위해 분투하라.
_그라시안

자택에서 근무하는 사람들 가운데는 나처럼 사무실을 얻을 수 있을 때까지 기한부 작업장으로 활용하고 있는 사람도 있으며, 오히려 자택에서 일을 하는 편이 더 즐거워서 사무실을 가질 필요가 없다고 거부하는 게일 부칼타와 같은 여성도 있다.

사람은 각각 목표하는 바도 일의 종류도 다르다. 습관도 동기도 다르다. 한편 욕조를 닦으며 머리를 집중시키면 플러스트레이션(flustration : 혼란감)을 해소할 수 있다는 사람도 있고, 집안일을 구실로 삼아 복잡한 업무로부터 도피할 수 있다는 여성도 있다.

즉 '여성들이여, 자기 자신을 알라'는 뜻이다.

당신이 많은 양의 업무를 감당하고 어려운 일까지 동시에 처리할 수 있는 맹렬여성이라면 시간 절약에 얽매일 필요는 없다. 며칠 동안 어느 누구로부터 불필요한 방해를 받지 않고 중요한 일에 몰두할 수 있을 것이다.

'꾀를 부리고 쉬는 것'도 바람직한 선택은 아니나 필요에 따라 즐기는 사람도 있다.

무엇보다도 자택근무자는 한결같이 겪어야 하는 번거로운 통근시간이나 그밖의 시간 낭비를 피하라는 최대의 이점을 활용할 수 있다.

아이가 달린 경우라면 틈틈이 놀이방에 맡겨 놓은 아이를 만나러 갈 수 있다는 이점이 있다.

돈을 늘리는 마음가짐

누구나 저축을 할 수는 있다. 그러기 위해서는 끈기와 단호한 결심을 하지 않으면 이룰 수 없다.

젊은 시절에는 검소해야 하며 낭비와 허식 같은 절제 없는 행동에 주의해야 한다. 자주 돈을 빌려 써서는 안 된다. 그런 나쁜 버릇은 돈도 잃고 친구도 잃는 더 큰 손해를 입는 경우가 많다.

절약하고 싶다면 지금도 늦지 않다. 무엇보다도 당신은 필히 절약해야만 한다. 당신이 꼭 기억해야 할 것은 금방 필요 없는 자질구레한 것에 절대로 돈을 쓰지 말라는 것이다.

그리고 빈틈 없는 계획성이 당신 생활 전반에 걸쳐 침투되도록 하는 것이다. 아무튼 일찍부터 돈에 눈을 뜨기 바란다. 그리하여 찬란한 노후를 마음껏 즐기기를 바란다.

자유업에 응하지 못하는 사람도 있다

사람은 사람에게서 말을 배우고
신으로부터는 침묵하는 법을 배운다.
_플루타르크

만약 당신이 능동적 업무를 처리하지 못하는 성격의 소유자라면 자택에서 근무한다는 조건은 오히려 엉뚱한 결과를 초래하게 될 위험이 있다. 자칫 잘못하면 하루하루가 무의미하게 지나가 버린다.

업무에 필요한 귀중한 시간을 집안일에 쫓긴 나머지 접시를 닦는다든지, 청소기를 다룬다든지, 욕실 청소를 한다든지 해서 필요한 시간을 잃게 된다는 것이다.

어느 자택 근무자가 일을 잘 하기 위해서는 꼭 필요한 점을 발견했다고 말했다.

"무엇인가를 하면 할수록 시간은 생기게 마련이다. 가령 하루의 시작을 잘못 출발하면 아무것도 이루지 못하고 끝난다. 그러나 무엇인가를 해결하면 뒤이어 여러 가지 일을 할 수 있었다."

어떤 경우에도 이와 같은 말은 적용되겠지만 특히, 자택에서 일을 할 때는 더욱 분명하다.

밖에서 일하고 있는 여성은 출근이라는 물리적 행위를 용수철로 삼아 하루를 지낼 수가 있다. 그러므로 자택에서 근무하는 여성도 스스로 긴장감을 만들지 않으면 안 된다.

하루 업무를 시작하는 시동을 책상 앞에 바른 자세로 앉아 그날 하지 않으면 안 되는 일의 리스트를 작성하는 것, 필요한 상대에게 전화를 거는 것만으로도 하루의 좋은 출발이 된다. 그것으로 '직장에서의 하루'가 시작되는 것이다.

증권에 투자하고 싶다면 다음과 같은 회사의 주식을 산다

1) 공금리 이상의 배당금을 지급하는 회사

2) 배당금 실적이 장기간에 걸친 회사

3) 20년 내의 최저 시세가 최고 시세의 25%보다 낮지 않은 회사

4) 자기 자본 대 부채의 비율이 최소한 4대 1인 회사

5) 현금과 그에 상응하는 자산이 부채보다 많은 회사

6) 우선주가 극소인 회사

7) 보통주에 의한 절도있는 자본체계를 갖추고 있는 회사

8) 최근 5년간 판매실적이 향상되었거나 상승의 징조가 보이는 회사

9) 최근 이익 상승에 대한 보고가 있는 회사

10) 인구과밀 지역이나 공장이 많이 있지 않은 곳의 회사

♥ 좋은 휴가 뒤에는 일의 질도 높아진다

운은 우리에게서 부를 빼앗을 수는 있어도
용기를 빼앗을 수는 없다.

_세네카

"휴가를 가지 않았더라면 얼마나 많은 일을 했을지 몰라." 하며 여성들은 휴가를 연기하던가 포기해야 한다는 편견을 가지고 있다. 확실히 말해서 어리석은 생각이다.

자동차 생산공장의 근로자 계약갱신에 관한 조사에 의하면 최저 3주간의 휴가가 없으면 노동자의 정신적 육체적 피로를 회복시킬 수 없다는 내용이 포함되어 있다.

휴가를 보내는 최초 첫 주간은 심신의 긴장을 풀고, 그 다음 주간은 휴가에 익숙해지고, 마지막 주간은 마음껏 즐기게 된다는 것이다.

물론 3주간의 장기 휴가를 주는 기업은 소수이지만 심신의 건강을 유지하기 위해 주어진 휴가만큼은 확실하게 보내야 한다.

일을 잘 하는 여성일수록 휴가를 즐기고 있다

행복한 이가 더 행복해지기 위해 뭔가를
또 원하는 것은 이해할 수가 없다.
_키케로

내가 알고 있는 여성은 2년 동안이나 휴가를 얻지 못했다. 상사는 '당신이 휴가로 회사에 나오지 않게 되면 업무에 많은 지장이 있다'고 말해 왔기 때문이다.

그런데 남성 동료들은 휴가를 반납한다는 일 따위는 하지 않았다. 그들이 없는 동안에도 일은 어떻게든지 해냈다[때문에 그녀는 이 회사의 유일한 여성직원이다].

그러자 그녀는 너무 신경을 긴장시킨 나머지 극도의 피로감에 빠져 마치 불탄 재처럼 되어버렸다.

우리들은 직장에서 자기가 없으면 무슨 일이든지 잘 진행되지 못한다고 과신해 버리는 습성이 있다. 하지만 당신이 휴가를 갔다고 해서 일의 진행이 안 된다는 불행한 일은 일어나지 않는다.

주어진 휴가를 마음껏 즐기는 여성이라면 평소에도 직장에서 시간관리를 잘 하는 여성이다.

언제든지 책임있는 일을 맡길 수 있도록 후배를 열심히 교육하고, 자기가 부재중이라도 지장없이 일을 해 나갈 수 있다는 체계를 평소부터 만들고 있는 사람이다.

따라서 휴가를 즐겁게 보낼 수 있는지 없는 지는 자기가 자리에 없더라도 일이 순조롭게 진척되고 있다고 확신할 수 있는 지 없는 지의 여하에 달려 있다.

휴가 기간에 그대로 집에 남아서 쉴 새 없이 전화 문의를 한다든지 휴식을 취하고 있는 당신에게 무차별하게 문의 전화가 걸려온다면 모처럼의 휴가를 즐길 수 없다.

우리는 성공으로 가는 여행자이다

자, 이제 우리의 길을 떠나자.

성공의 여행이 시작되는 것이다. 나는 당신을 밝은 인생의 여정으로 인도하는 안내자다. 모든 아름다운 여행은 가볍게 출발하는 것으로부터 시작한다. 우리의 출발도 그렇다.

우리의 행장은 가볍고 기분은 유쾌하다.

발걸음은 탄력이 넘치고 있으며 미지의 산봉우리와 계곡에 대한 기대와 예감으로 가벼운 흥분마저 느낀다.

♥ 매일 반복되는 업무에서 가끔은 탈출하라

좋은 씨를 뿌리는 자는
틀림없이 훌륭한 열매를 수확할 것이다.
_J. C. 도르

   시간관리는 충실한 시간을 활용하기 위해서 필요한 노력이므로 어떻게 해서든지 하루하루 반복되는 직장의 권태로움에서 탈출해 본다.

   하루 동안이 아니면 3일간이라고 해도 상관없다.

   친구와의 동행, 가족이나 애인, 혼자서 아무런 제약을 받지 않는 여가를 충분히 즐길 일이다.

   1년 전에 세운 계획, 돌연 생각해 낸 작은 일, 혹은 계획된 일을 마무리 짓기 위해서, 잠시 행동은 앞으로의 생활에 좋은 활력소가 될 것이다.

   생각하면 끝이 없다. 하여간 '자기의 시간'에는 휴식의 시간도 넣지 않으면 안 된다는 각오가 필요하다.

자기를 위한 시간을 충실히 활용하고 있는가를 반성해 본다

인간은 반드시 자신과 함께 살아가야만 한다.
그리고 인간은 자기라는 훌륭한 동반자를 가지고 있다는 사실을 깨달아야 한다.
_휴즈

    인생을 살아가면서 가족이나 친구를 사랑하고 그들로부터 위안과 슬픔을 함께 나눈다 할지라도 때로 혼자가 되어보는 시간도 필요하다.

    혼자만의 사색에 잠겨본다든가, 잠시 음악을 들으며 심신을 풀어본다든가, 가벼운 마음으로 새로운 계획을 세워보는 것도 무방할 것이다.

    이것도 저것도 다 귀찮은 상태라면 기분 내키는 대로 지내는 시간도 삶에 필요한 안정제 역할을 해준다.

    혼자가 될 수 있는 가장 좋은 한때는 아주 짧은 시간에 만족할 수 있다는 여유로움이다.

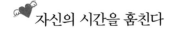
자신의 시간을 훔친다

현명한 사람은 부의 가치를 알지만,
부자는 지혜가 가져다주는 즐거움을 모른다.

_헤브라이 속담

그렇다면 자기의 시간을 어디서 훔칠 것인가.

여기까지 다다르게 되면 시간관리라는 것이 어떤 뜻인가, 그리고 자기의 시간을 가진다는 것이 얼마나 중요한가를 충분히 이해가 되었으리라고 믿어진다.

지금의 입장은 시간관리를 슬기롭게 해서 이 책을 읽기 전까지는 무리였다고 생각하고 있던 '자기의 시간'을 새로운 의미에서 발견할 수 있을 것이다.

그것을 위한 몇 가지 아이디어를 열거해 본다.

평소보다 15분이나 한 시간 정도 일찍 일어난다. 시간의 차이에 따라 독서를 하든지, 하루의 계획을 세운다든지, 차 한 잔을 마실 시간 여유가 생길 것이다.

이를 실천하고 있는 여성이라면 심신이 가벼워져서 그날 하루의 정신위생에 매우 좋은 반응을 보였다고 서슴없이 말한다. 거기다가 아침시간 만큼은 어느 누구에게도 방해 받지 않는다는 이점이 있다.

샤워를 하는 시간도 사실상 혼자만의 여백이다. 나는 이것을 '사색의 시간'이라고 활용하고 있을 정도다. 작지만 실현성 있는 몇 가지 아이디어를 고백한다.

또 샤워실은 운동을 시작한 최초의 '작은 한 걸음'이 되었다.

삶의 향기를 음미하라

조그만 침대에서 긴 여름밤을 낭비하고, 인생이 얼마나 귀중한가를 깨닫고, 50대, 60대가 얼마나 빨리 다가오고 그 모든 것을 감사히 받아들이지 못한 것을 후회하게 된다는 사실을 젊은 시절에 깨닫게 하는 방법은 거의 없는 것 같다.

젊은 시절에 주어진 행복을 놓치지 않으려면, 모든 것을 이용하고, 모든 제안을 받아들이고, 무전여행도 해 보고, 주말을 다른 사람의 집에서 보내 보기도 하고, 하룻밤쯤 멋을 내기 위해 모피코트를 빌려 입어도 보고, 파티에서 남은 과일을 싸들고 와 보기도 해야 한다.

혹시 가지고 있다면, 멋진 은장식이나 비단 혹은 보석도 모두 사용해 보아야 한다. 어느 것도 상자 속에 처박아 두거나 보관해 두지 말고 끄집어내어 놓고 마음껏 사용하는 것이 좋다.

친구도 올바르게 이용할 줄 알아야 한다. 당신의 아파트는 친구들을 불러들여 즐기는데 사용될 수 있어야 하고, 그 점에서는 당신의 섹스도 마찬가지이다. 즐거움을 얻을 수 있도록 사용되지 않은 그것은 당신이 낭비해 온 모든 것 중에서도 가장 큰 낭비가 될 것이다.

나를 위한 훌륭한 도피

자신을 과신하지 않는 자는
신을 믿고 있는 자보다 훨씬 현명하다.
_괴테

교육 전문가 재키 후리스는 이런 말을 들려주었다.

"나는 젊은 날 매일 아침 6시에 일어나서 한 시간 가량 차를 운전하며 대학에 다닌 적이 있었다. 그 때가 차 안에서 많은 생각을 할 수 있어 하루 중에서 가장 충실한 시간이었다. 차를 운전하다 보면 여러 종류의 사물을 거리를 두고 관찰할 수 있고, 때로는 계절의 변화 속에서 삶의 전환도 맛볼 수 있었다. 끊임없이 되풀이되는 일상 속의 산만한 마음을 집중시켜 청운의 포부를 펼칠 학업에 매진하는 준비를 할 수 있었다."

침대를 피난처로 쓰고 있는 여성도 있다. 자신의 내면으로 돌아가 혼자가 되고 싶다는 생각이 들면 책이나 TV, 바느질거리를 가지고 하루 종일 침대 위에서 보낸다.

'목욕'이란 방법도 있다. 욕조 속에 한가로이 잠겨 있는 시간이 유일한 자기 시간이라고 강변하는 여성도 많다.

리즈 울프도 예외는 아니었다.

"때로는 지나칠 만큼 마음 놓고 한 시간 가량을 한가로이 욕조에 몸을 담그고 손발톱 손질까지 해 본다. 그러면 다른 모든 잡념을 잊어버린다."

자기 만족에 빠질 수 있는 좋은 시간대(Peak-time)가 다른 사람과 틀린다고 해서 고민할 필요는 없다.

　매주 일요일 하루 종일을 잠으로 시간을 보낸다는 엘리 헨젤은 이렇게 말한다.

　"잠자는 것에 대해서 만큼은 탐욕적이다. 평일에는 내 자신이 산산조각이 난 것 같아서 일요일 하루를 잠자는 시간으로 삼을 정도다."

　헨젤의 기력이 가장 왕성한 시간대는 오전 2시부터 4시 사이라고 한다[사실 이런 사람은 기이하다] 그녀는 이 시간을 이용해서 독서도 하고 편물이나 자수를 짜고 운동까지 한다는 것이다.

　다른 여성의 흉내를 내어 무리하게 아침 한 시간을 일찍 일어나서 자기 시간을 가져보라고 하는 것보다 훨씬 합리적이다.

분쟁 속에서 많은 것을 얻으려 하지 말라.

♥ 30분 동안은 나만을 위해 활용한다

행복의 지름길은
마음을 비우는 데에 있다.
_카네기

주위 사람들에게 당신은 자신의 시간이 필요하다는 것을 인식시킨다.

결혼한 경우라면 남편의 협력을 얻는 여성이 많다. 적당한 시간에 아이들을 밖으로 데리고 나가서 엄마가 혼자 있도록 해주는 일이다.

만일 이혼하고 아이의 양육을 맡은 여성이라면 남편이 주말이나 여름휴가에 아이들을 데리고 나가 있는 동안 혼자만의 시간을 가질 수 있다.

이러한 상황도 기대할 수 없는 형편이라면 남에게 부탁해 본다. 즐겁게 친구의 아이를 주말 하루 동안 공원이나 놀이터에서 돌봐줄 독신녀도 있으니까.

그렇지만 아무리 노력해도 혼자만의 시간을 얻을 수 없는 경우라면 커뮤니케이션에 호소해 본다.

"딸들에게 말해 보는 것이다."

TV감독 비커리카 여사의 말이다.

"이토록 격심한 피로에 시달리지 않는다면 너희들의 이야기도 잘 들을 수 있다. 그러니 30분 만나 혼자 있게 해주렴."

하고 말하면 틀림없이 부탁의 말을 들어줄 것이다.

이 책을 쓰기 시작한 목적이 '자기 시간 따위는 없다. 그러나 즐거운 시간은 갖고 싶다.'고 하는 여성이 주위에 너무도 많기 때문이었다.

사실 그런 여성들 가운데는 즐거운 일이란 어떤 것인가를 잊어버린 여성도 많이 있었다는 사실을 밝혀 두고 싶다.

그러므로 '자기의 시간'에 무엇을 하면 좋은가를 리스트로 만들면 많은 도움이 될 것이다.

인생의 삶이란 댓가를 지불하는 공연장이다

인생은 댓가이다. 당신은 인생으로부터 원하는 거의 모든 것을 노력으로 얻을 수 있다. 만약 당신 자신에게 주어지는 몫을 모두 다 차지하지 못한다면 무능하다는 말을 듣게 될 것이다.

아직 성공을 하지 못한 사람에게는 늘 역경이 닥치게 마련이다. 당신은 그 역경을 디딤돌로 삼아 성공을 쟁취해야 한다. 그러므로 당신 역시도 댓가를 지불할 마음가짐을 갖지 않으면 안 된다.

자기 시간의 활용법

당신은 지금 자신의 가치를 스스로 낮추고 있지만
사실은 지금보다 몇 배, 혹은 몇 십 배나 훌륭히 될 수 있는지는 모른다.
분발하라. 분발하지 않고서는 아무도 높이 될 수 없다.
_알랭

독서, 산책, 자전거 타기, 쇼핑, 여행, 모두 출근한 다음 짧은 시간의 한가로움 속에서 차 한 잔의 여유, 이어서 신문 읽기, 친구를 집으로 초대, 가까운 이웃 방문, TV 감상, 영화감상, 집 손질하기, 명상, 요가, 목욕, 화초 손질, 바느질, 스케이팅, 디스코 춤, 잠자기, 하루 종일 침대 위에서 보내기, 조깅, 줄넘기, 바다나 강으로 피크닉, 등산, 요리 만들기, 화장하기, 손톱 손질, 그림 그리기, 행글라이더 연습, 외식, 친구와 수다떨기 등등이 있다.